南懷瑾文化

談天說地

・說老人・說老師・說老話

劉雨虹 著

出版說明

四年以來，隨緣隨興隨時，寫了些雜文感想之類的小文，編輯部的同仁說，頁數可以湊成一本書了。既如此，那就印吧，其實都是自己的感想，說有理也沒理，說沒理也有理，這就是天下事。

劉雨虹 寫

二〇二〇年七月十八日 廟港

目錄

一、中評社與南國熙

南師懷瑾先生的小兒子南國熙，不久前狀告〈中評社〉，因為該社轉載了台灣《新新聞周刊》毀謗他的文章，而那是一篇對他（南公子）扭曲不實的報導。聽說南公子也準備告《新新聞》雜誌社。

大概〈中評社〉與受害人南國熙達成了和解，十二月廿三日，〈中評社〉在自家的網站上，刊登了對南公子的致歉聲明。

於是大家紛紛為文稱讚南公子肚量大，息事寧人；也有人說南公子有忍辱波羅蜜的功德，有恕人的雅量；更有人稱讚〈中評社〉能認錯道歉，很是不錯……一時聽起來，像是安慰受害人，但似乎又像是慶幸中評社的解套。總之，酸甜苦辣，耐人尋味，幸虧還有具有正見的人，批評了中評社的不當行為。

妙的是，〈中評社〉在發表向南公子致歉聲明之前的兩天（十二月廿一日），先刊登一篇引用文章，那是二〇一二年十月一日《中國評論》的一篇文章。

就是這先後兩篇文章的發佈，隱藏著玄機。

原來《中國評論月刊》（與〈中評社〉同屬〈中國評論集團〉）是一九九七年汪道涵先生指導創辦的。當時曾派章念慈等四人，前往香港向南師請益。南師當然十分支持，並加指點，且為該刊第一位訂戶。

汪老與南老二位，都重視媒體的社會責任，鼓勵青年一代的媒體工作者，正直誠意擔負社會道德責任，要守中道，不可偏頗。

現在呢？〈中評社〉竟然做出如此錯誤的事，請問，對得起南老的支持嗎？對得起汪老創辦的苦心嗎？讀者等著看你們的「罪己詔」啊！

讀者心知肚明，〈中評社〉先把南老汪老請出台面，意思是什麼呢？就是說：「南公子呀！〈中評社〉是你老爸支持的啊！你好意思對付我們嗎？」

怪不得南公子的棒子，高高舉起，卻又輕輕放下，和解了，原來是人情壓力。這與忍辱波羅密有關嗎？慈悲恕人倒是有一點。

在〈中評社〉的道歉聲明中，還刊出五位編輯部的照片，因為道歉聲明是編輯部發出的，好像與〈中評社〉無關。高明啊！但不免使人想到台灣的黑道老大犯了錯，就把門下的小弟推出來抵罪，代老大坐牢。

有人說這五個編輯中，可能有四個人是冤枉的，為了五斗米啊！折腰也罷，頂罪也罷，當然，這只是路人甲的亂猜而已。

有人問，此事如果真是編輯所為，〈中評社〉沒有家法嗎？總該有人為此辭職下台吧！否則如何能證明是真的認錯道歉呢？誠意又如何表達呢？

〈中評社〉被告之事，能迅速達成和解落幕，當然該社手段高明，令人五體投地。但是有一點可疑之處：在自家網站上發一個道歉聲明，再略承擔一些律師費用，全案就告終結了。這就使人想到一句俗話，說「在大街人多處得罪了人，在巷子裡無人處道歉」。

有人說曾見〈中評社〉另有不當的引文；也有傳言，認為南老汪老二者，皆是為和諧統一而努力推動的人，而反對統一的一類，深知南老的書文流傳甚廣，影響力不易吹散，故而先從南家子女下手……難道，綠病毒真的入侵了嗎？

所謂市井傳言，也許不足為信，也許，也許，也許天曉得。既然南公子「大肚能容」，他人當然無可置喙。但是，吾人必須牢記《大學》所說：「十目所視，十手所指」啊！

加油吧！〈中評社〉！證明你不是「歪評社」吧！

二〇一七年一月一日

二、啟宗道友

南師懷瑾先生寫給啟宗道友的字，不久前曾公開拍賣，以四十五萬元人民幣成交，聽說買主在美國。

這是南師一九八二年的詩，一九八五年三月，在南師赴美國前不久，寄給啟宗道友的。

啟宗道友就是王啟宗先生，他與我是小學同學，那是一九二七年在開封師範附屬小學時，他是五年楓級，我是一年虹級，在校時我們並不認識。

這位王啟宗同學，二十五六歲在重慶時，已仰慕南師懷瑾先生了。那是一九四二年，南師赴峨嵋山閉關之前。可惜當時未能謀面，他常引以為憾。沒想到多年後能在台灣相會，自此後，聽講必到，南師每書必買，是不折不扣的鐵杆粉絲了。

大約一九八〇年前後，他擔任南師辦公室秘書長之職，後又擔任十方書

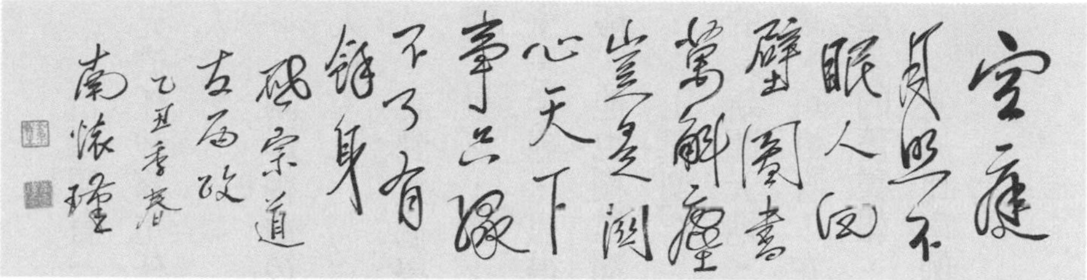

院的訓導主任。一九八八年之後，老古公司經理陳世志另有他就，結果造成王啟宗、閆修篆和我，一共三人，共同義務支撐老古公司十年。一九九九年，我前往香港，建議南師出郭姮妟擔任經理之職，因為我們三人都已八十歲上下了。

啟宗兄到台灣後，也有些不平常的經歷。最初是在孫立人的新兵訓練中心擔任文宣工作；後又與同好創辦學生書局。

說起學生書局很有意思，那是在師範大學附近和平東路上的一間小平房，很是簡樸，但出版了許多高水平的書。大英國家圖書館有次派人前來拜訪，發現學生書局竟然如此平實簡陋，人吃一驚，當然也欽佩不已。學生書局中的一位劉國瑞，後被聯合報請去主持聯經出版社。

台灣還有一所商業學校育達商職，也是啟宗兄與鄉友王廣亞創辦的，王兄擔任教務主任多年，育達成為一個很有名的商職學校，培養許多基層幹部人才。

兩岸相通後，王校長又在河南及上海都創辦了分校，培育基層商業會計人員。

說到這個學校，畢業學生中有從事營造業的。曾有幾年，房子蓋好適逢不景氣，賣不掉，欠貸款著急，就來找王主任推銷，當老師的王啟宗不好意思拒絕，只得買下，還不止一次。他買了房子只能空著，後來忽然房價大漲，他也糊里糊塗的賺了不少錢，真是好心有好報。

王兄還有一個收藏的嗜好，收藏紙幣，收藏雜誌。抗戰時卜少夫主辦的《新聞天地》月刊，王兄收藏完備，在台灣時有人向他收買，他也不肯出讓。可惜呀！在他去美國探親時，將房門鑰匙交鄰居照應，結果鄰友看見一屋子的舊書報，就替他清理，賣給收破爛的了。

王兄比南師年長一歲，他有二女一男，一個女兒是矽谷的工程師，三個兒女在美國都有專業，都很富有。王兄夫婦二人後移民美國，二〇一一年在美國辭世，早南師一年，也是九十五歲。

至於「啟宗道友」這幅字，是如何進入拍賣市場的，就不知道了。

二〇一七年一月十五日

三、春節樂

二〇一七年春節後，就是丁酉年了，以納音來說，丙申、丁酉二年為山下火。換言之，丙申年（二〇一六）為火猴，二〇一七丁酉則為火雞年。

去年火猴，全世界像是孫悟空大鬧天宮那樣，好不熱鬧，弄得各方神聖技窮，無計可施，不知如何是好。

今年為火雞，雖然雞不如猴那麼搗亂，火雞卻也不同於一般的金雞，其叫聲較響，色彩也較光亮惹人，究竟惹人愛抑惹人厭，那就不得而知了。總之，可能不是平平穩穩的祥和安定的氣勢吧。

過年大家互通電話拜年，所說的吉祥話，千篇一律，實在有點陳芝麻爛穀子的味道。我這樣說有些不太應該，但是，請原諒，因為我已聽了九十多年，也說了九十多年了，能不煩嗎？

記得七八年前春節，我謊稱去杭州親戚家過年，就躲在蘭若不出門。

偏偏南老師又不小心洩漏了消息，結果就有人前來拜年叫門……所以呀！人活在這個世界上是沒有什麼自由的，非聽不想聽的話不可，非說不想說的話不可……當然也非見不想見的人不可。怪不得佛門有曰怨憎會、愛別離，乃人生之苦也。

幸虧孔子還說，有朋自遠方來不亦悅乎！孔子到底是個可愛的人。

孔子說對了，今年的春節，有很多朋友遠道而來，我們不但不亦悅乎，還抽獎說笑話，表演神拳等等，是大大的不亦悅乎。

過節當然免不了大吃大喝，平時難得吃到的就是麻辣川菜，這次春節都吃到了，花椒好麻啊！過癮！

在眾多友朋之中，有一個九歲小客人朱小弟。他第一個抽獎，恰恰就抽到了頭獎。頭獎有個條件，抽到的人必須說一個笑話，或唱一首歌。想不到這九歲的朱小弟一開始說笑話就停不下來，他連續說了好幾個笑話，惹得大家哄堂大笑。

更妙的是，有朋友送來二〇一七年特別的礦泉水，瓶子設計十分可愛，母雞帶領五隻小雞，想不到朱小弟立刻說出，這是今年只有兩千瓶的限量發行，我們這群中老年人都不知道啊！九歲的孩子太靈光了，我回頭看看朱小弟的爺爺朱清時校長，他也在笑。這瓶水當然送給了朱小弟，後來他把水倒給大家享用，把空瓶帶走，留作紀念。

春節已過，管它是金雞抑是火雞，是好年或不好的年，只要心懷樂觀寬容，自然一切都會好，火雞年萬歲！

二〇一七年二月一日

四、閒話行善

有一家新成立的基金會，名叫「善小」，他們動念成立基金會的原因，是想幫助全國三百萬個失學的兒童；又因為這是基層的善事——幫助兒童不是什麼大事，所以定名為「善小基金會」，大概也有「莫以善小而不為」的古意吧，所以起了這麼一個善小的名稱。

別以為這是善小，這可是一個國家級別的基金會；更別以為救助三百萬兒童是善小的事，因為後來發現，這可是牽動許多國家政策的大事。

不當家不知柴米油鹽貴，現在既然要幫助失學兒童，當然就要先徹底了解如何下手才行。深入了解失學原因，才發現，天哪！原來萬分複雜，所牽涉的法令，現實情況，教師問題，家庭因素等等……根本就是一個國家級的問題。

難怪許多人對社會公益救濟組織，常抱懷疑態度，因此善行常發展為一對一的作法，直接幫助需要幫助的人，或他們需要的事。結果呢？好心的善行，救助偏遠地區的兒童們，想不到的是，竟然已有收到二十幾個書包的事。救助方面的重複、無計劃，浪費資源和人力，實在令人吃驚。如果不是深入了解，是無從得知的。

那日，黃曆上有「宜會親友」之說，善小的友朋二人前來。年節閒話，談及善小的理念、希望和計劃。由於考察研究，發現了實際上的種種問題，經過深思熟慮，結果，改弦易張吧。

令人想不到的是，他們的觀念改變，是要先開始幫助那些可能會成為需要救助的人，也可以說是幫忙人們解脫困難。善小的工作範圍擴大了，與有公益資源，而無法去實現作為的機構、團體合作，以發揮功能，善用善款。另方面也積極培訓各領域的職工基本醫藥保健知識，使他們減少疾病，或可簡單的自療。

說到此，宏忍師忽然插話說，她早想對寺廟的出家人，安排培訓一些基本保健知識，不必動輒就去醫院，因為宏忍師是出家人，她也是一個中醫師之故。

善小變成了善大，不拘形式，發揮善行，但腳步一定會放慢，方法一定要周全，心態一定是中正，相信效果一定是美滿的。社會富裕了，行善的人越來越多，但善心人士也要了解善行的不易。南老師常說，做好事要有智慧，才不致好心得惡果，慈善事業不是只花錢就了事的啊。

二〇一七年二月十五日

五、李想與理想

由於除夕那晚穿了一件紅色上衣，惹出一堆趣話。有人問哪裡買的；有人問誰送的；有人問哪裡訂製的……根本原因就是覺得那是一件貴重又好看的衣服……說衣服好看那是很簡單的事，要說貴重，那可不簡單了。

那是李想送我的啊！他是這家服裝公司（源）的老闆呢。至於說到衣裝的事，還牽連著不少的人與事，與南師都有點兒瓜葛呢。

記得好像是二〇一〇年吧！有一天，李想與我一同走出主樓辦公室，要去六號樓餐廳晚餐。途中李想說，他看了《論語別裁》幾遍了，想把它翻譯為日文，因為日本人喜歡《論語》的很多。

聽他這麼說，我頗為吃驚，因為他雖然十歲就開始在日本上學，小學、中學，後來又去美國上學，英國上學……但是翻譯工作是個大事，他才三十多一點年歲，能行嗎？於是我說：「你翻譯嗎？」

他大概猜到我的疑慮了，只說：「找到一個很有經驗的人，看過他的作品，也讓他試翻譯幾段《論語別裁》，我仔細看過了，還不錯。」

原來如此！「太好了，」我說，「南老師一定很高興。」

「只是還沒有得到南老師的同意啊！」李想說。

「那還不簡單嗎？老師是作者，他一定會給你授權的，放心罷。」我這樣說是因為，老師在一九六九年訪問日本時，曾結識一些對四書和唐詩有研究的學者，以後他們可以讀日文版南師的著作了。

過了八個月的樣子，有一天，李想拿著他策劃的日譯《論語別裁》樣書，到了辦公室向南師報告。南師看到樣書大為高興，立刻大聲喊我，說：「劉老師啊！李想把《論語別裁》翻譯成日文了呢！」

我聽到後只淡淡的說：「我八個月前就知道了。」

「什麼？」老師大概有點兒吃驚，他可能想：難道你劉雨虹也有一點神通嗎？

聽到老師吃驚的口氣，我連忙解釋說：「是李想先告訴我的啊！因為怕不成功，不敢先向老師說。」

「原來如此！」老師鬆了一口氣，接著說：「太好了，真想不到呀。」老師心中可能想：待書印好，先送　本給日本那位唐詩大家木下彪吧！

對於這件事，老師真的開心，後來還說：「沒想到李想年紀輕輕，還真能做出一些事！」

老師這麼說，是因為不少同學都曾向老師表達意願，要做這事，做那事……結果都是雷聲大，雨點小，沒有幾個成功的！現在突然看到李想把成果拿來，當然非常高興。李想還在這本書前寫了一篇洋洋灑灑的介紹呢。

說了半天，言歸正傳，再說與我那件紅色上衣的關係吧！

原來過了一段時間，李想又來向老師報告，他想接手一家服裝公司。由於老師在《論語別裁》中說到衣冠文物，現在我們中國人，連自己的衣冠都談不上，還談什麼文化傳統啊！所以李想說，他認為衣冠是大事，現在有個機會，所以想投入這個行業，加以研究，學習，試驗……李想是懷抱理想投

入服裝行業的。老師當然十分鼓勵他，後來他還到國內外到處參訪服裝界呢。

這就是與我那件紅色上衣有關的故事。

二〇一七年三月一日

六、我所知道的葉曼

葉曼走了，聽說是在美國的家中，平靜安詳的走了。

在她一百零三年的人生旅程中，她教學寫書，講演說法，為自己求進步而努力，為幫助他人而奉獻。她為人正直而嚴謹，溫和又素雅……

所以，提到葉曼，常會記起一句老話：「願天常生好人，願人常做好事。」

葉曼與外子袁家的姐妹們，早在數十年前，即有同窗友好之誼，我則是在台灣，才與她相識的，那是六十年代之初。之後也會在親友處會面，並曾在她講《老子》時，前往聽講。

一九六九年秋，南師在台灣師範大學講「佛學概論」時，經由葉曼的介紹，我才得識南師，參加聽講。之後南師主持禪學班時，葉曼適逢回台，也常前來聽課。

說起學禪一事，葉曼早在五〇年代末期，即已隨學南師了。起初是在楊管北先生家中聽南師講法，後又幾次參加南師主持的禪七訓練。此事在《習禪錄影》中多有記載，且南師於禪七過後，曾兩次以詩相贈。

寄贈劉世綸生日於馬尼剌（一九六二年三月）

小謫娑婆意亦輕　梅花雪月證前生
孤芳故染塵勞色　濁世偏存真性情
到處被人呼菩薩　歸來應自識靈明
華年琴瑟心如水　稽首慈雲一片清

新春禪七後送劉世綸（葉曼）道友返菲京（一九六五年）

晴空凝碧送歸人　極目雲天一葉身
乍見桃花初悟道　須留松柏養精神
清虛吾墮红塵劫　濁世誰傳大士薪

葉曼對學佛之事，曾有〈我學佛的心路歷程〉之文，發表於《知見》月刊，由一九八一年十一月創刊號開始連載，內容甚為詳盡。

再說一九七〇年南師籌組東西精華協會之事，當時礙於官方諸多規定限制，登記進行頗為不順。對於此事，葉曼出人意料的，公開表示反對，她說：「講經說法，有場地即可，何必勞師動眾組織一個協會呢？」

聽到她這句話，我並不贊同，因為你們少數人可以聽到南師講經說法，多數人聽不到啊！所以當時我就對她說，「南老師大概心中想，他講一次，只有少數人聽，不如讓大家都能聽才好。」

其實，多年後才明白，南師不是只為佛法，而是為文化的全體。後來協會成立，南師可以公開正式講課了，聽眾經常在百人以上，而講課內容所包括的，除儒釋道三家之外，所涉範圍更多更廣。

葉曼是田寶岱大使夫人，生活在國外時間較多，後來在美國，她又追隨陳健民先生學習密法多年，並曾安排陳健民先生到台灣講經，那次我也曾前往聽講。

學佛的人，在未悟之前，常有到處參訪之舉，也有人是終身從一學習的。當然，悟道後也有到處參訪的，據說目的是尋求差別智。反正境界各人不同，不可同日而語。

南師在廟港太湖大學堂的時候，葉曼曾前來相見，後來她則在北京經常講課說法。

記得大約是二〇一〇年吧！有一天在辦公室，大家在說到學佛之事時，南師忽然大聲說：「跟我學佛的同學們，很多都是在岔路上。」

南師此話一出，辦公室中的幾個人，大概心中都緊張起來了，生怕南師點名自己。豈知南師接著說：「就像王紹璠，葉曼……」

讀者不要誤會，岔路可不是邪路，岔路只是不小心走錯了路。人生在世，不論做什麼事，都可能走上岔路。南師也常說，自己一旦發覺是走在岔路上，自然就回到正路上了。所以自覺最要緊。

現在南師點名在岔路上的六個人（此事我曾在博文中說過），第一是王紹璠，第二是葉曼……依我的看法，學佛已經上路的人，才有走岔的可能，像我等一些同學們，連路尚未走上去，哪會有什麼岔路不岔路的問題呢！

葉曼熱心於文化的傳播，既不為名更不為利。一九八四年她還安排美國禪宗大師卡普樂到台灣與南師相會，為文化界的一樁盛事，深受年輕一代的歡迎。

現在葉曼已經走了，南師辭世也已四年多了，我相信葉曼走前已回到了正路，這是我的祝願，也算是與同學們的共勉吧！

二〇一七年三月十五日

七、周勳男與《宗鏡錄略講》

周勳男整理的，南師所講《宗鏡錄》的講稿，已經出版發行四年了。由於南師曾公開聲明（附後）不許出版，因內容「有多處嚴重錯誤」，故而經常有質疑的聲音傳出，而且，十幾年來，在兩岸三地談論不斷，疑問也不斷。

周勳男是一九七〇年禪學班的同學，那時他從台灣大學哲學系畢業不久，在台灣算是青年才俊。他是台灣西螺鎮人，那是出名的製造醬油的古鎮。後來我曾建議他去選鎮長，就可以再選立法委員了，但他因無意政治而作罷。

記得有一次我還為他和徐進夫二人介紹女朋友呢。後來他赴美進修，得心理學碩士。一九七七年，我到美國時，還曾與他，還有吳爽熹、鍾紹楨四人，一同遊紐約市北邊的大乘寺呢。

周勳男學養有基礎，文筆又很好，他寫的《原本大學微言》導讀（編輯說明），十分精彩，南師門下少人可出其右。他有不少著作，證明他治學之道是很認真嚴謹的。

令人不解的是，他為什麼違背南師的旨意，在南師辭世後，立刻出版這本《宗鏡錄略講》呢？他對南師本來是十分恭敬的啊！還記得多年前（那時我還在老古），有一次在辦公室，他接電話聽到是南師從香港打來的，即立刻站了起來恭聽，旁邊的我們頗為吃驚，也很欽佩。所以周勳男出書之舉，許多學友皆百思不得其解。

二月初六那天，紀念南師誕辰之際，忽憶及南師對這本書多次的講話，以及看法，現在，實在應該從實記出，以解眾人心中的迷惑了。

南師所講《宗鏡錄》，是一九七九年三月開始，到一九八〇年三月結束。十一年後（一九九一年）的十一月，《十方》月刊開始刊登周勳男的整理版，名為《宗鏡錄略講》。

大約《十方》刊登之後三年左右，有一天我到香港時，看見南師坐在客廳，很不高興的樣子。旁邊坐著的宏忍師，看到我進來就說：「老師正在生氣呢！」話未說完，南師就說：「《十方》雜誌刊登周勳男整理我講的《宗鏡錄》，其中錯誤百出……」

聽到南師的話，我立刻說：「老師啊！這事就只能怪你自己了，《十方》月刊寄來你都不看，現在偶然看到才發現問題，怪誰呢？」

南師聽了也不說話，我只好接著說：「此事簡單啊！老師趕快寫一封信，分寄給首愚法師、周勳男、葉柏樑（《十方》編輯），告訴他們，未得老師許可，不能刊登或整理老師的講錄。」

南師聽到我的建議，立刻對宏忍師說：「你起個草稿，請劉老師修改一下！」

我說：「用不著我修改，只有一句話就行了：『未得我本人許可，不許刊登或整理我的講錄。』」

看來南師的話少有人聽，因為《十方》繼續刊登。

轉眼到了一九九九年，郭姮妟到老古當經理了。有一天她對我說，周勳男整理的《宗鏡錄略講》已有六十多萬字了，可以出版了吧？」

我說：「此事你要去香港問南老師，要他答應才能出版。」

郭姮晏從香港回台灣後，不再說出版這本書的事了。可是南老師卻打了一個電話給我，老師在電話中說：「《宗鏡錄》講稿是另外三個人整理的，王則平（本名）、葉柏樑和×××（電話中聽不清）。連文句都不一致，錯誤太多，絕對不能出版。」

放下電話我就問周勳男：「老師說是王則平他們三人整理的啊！」

周勳男說：「我已把稿費給了他們。」當然我相信，周勳男一定也會再加整理一番的。

在此之前，因為周勳男有一次在香港見老師，說到他整理的這本《宗鏡錄略講》，南師對他說：「你在香港住一段時間，每天修訂一部分，我告訴你應該如何修改。」

周勳男回答老師說：「不行啊！我太太一個人在台灣害怕。老師告訴我如何改，我回到台灣改吧！」

修改之事，當然從此就作罷了。

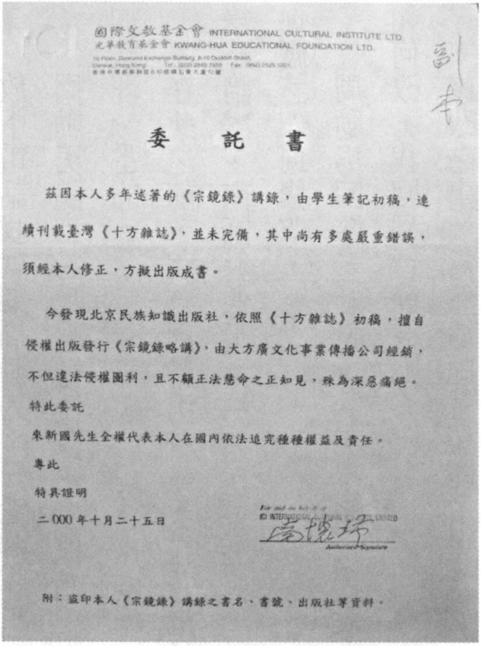

國際文教基金會 INTERNATIONAL CULTURAL INSTITUTE LTD.
光華教育基金會 KWANG-HUA EDUCATIONAL FOUNDATION LTD.

副本

委託書

茲因本人多年述著的《宗鏡錄》講錄，由學生筆記初稿，連續刊載臺灣《十方雜誌》，並未完備，其中尚有多處嚴重錯誤，須經本人修正，方擬出版成書。

今發現北京民族知識出版社，依照《十方雜誌》初稿，擅自侵權出版發行《宗鏡錄略講》，由大方廣文化事業傳播公司經銷，不但違法侵權圖利，且不顧正法慧命之正知見，殊為深惡痛絕。

特此委託

來新國先生全權代表本人在國內依法追究種種權益及責任。

專此

特具證明

二000年十月二十五日

南懷瑾

附：蓋印本人《宗鏡錄》講錄之書名、書號、出版社等資料。

奇怪的是，二〇〇〇年北京民族知識出版社卻出版了這本書。由於香港佛教圖書館的何館長，多年來每期《十方》月刊都託赴大陸上學的香港學生，帶到大陸分寄各地，待《宗鏡錄略講》文稿刊登完畢，北京民族知識出版社即根據《十方》原稿，正式出版了。

老師看到此書後，立刻委託一位來新國先生，代他追究法律責任，老師此舉，實因該稿內容錯誤多，有害讀者慧命的嚴重後果。

於是這本書在台灣就無法出版了，因為南師尚在。

豈知南師辭世不及一年（二〇一三年五月），台灣老古就出版了這本書。了解此書內幕及南師意向的許多同學，都十分震驚。老師尸骨未寒啊！

竟如此急迫背叛師意。

還記得是二〇一二年春，大家在大學堂辦公室，偶然又提到《宗鏡錄》，我就向南師說：「老師，總要想個辦法修改稿子，把它出版吧？」老師立刻說：「絕對不出版！」聲調堅決，似乎說：「你們死了這顆心吧！」

半年後，老師就離開這個世界了。

周勳男你好糊塗啊！你從學南師幾十年，不知道文字的嚴重性嗎？南師所說的「嚴重錯誤」，你不知道是什麼意思嗎？因果的可怕你難道不明白嗎？

日昨忽聽到周勳男病了，在加護病房，我們大家為他唸經祈福，祝願他早日康復，能有機會再做彌補才好啊。

趁此機緣，再次聲明，本人在南師辭世後二十天，就離開老古公司了。有關此書問題，本文就算是對讀者的答覆吧。

二〇一七年三月二十九日

八、林中治與「禪學講座」

剛說過周勳男與《宗鏡錄略講》的複雜經過，忽然又看到林中治整理的南師所講「禪學講座」出版上市了，不免又大吃一驚。

既然把《宗鏡錄略講》一書的前因後果說了一番，當然也要將南師所講「禪學講座」，以及與林中治的因緣講個明白，以方便讀者了解真實的情況。

林中治也是禪學班的同學，他是在國民黨一九四九年從大陸撤退台灣時，被軍隊強拉入伍而來到台灣的。由於他也讀過一些古書，文筆又不錯，所以在軍中是文書仕官之職。後來退役輔導就業，被分派到電力公司工作。

林中治早就投身佛法的修習了，遠在認識南師之前，他就熱衷於禪宗，曾隨學過懺雲法師等大德。但因醉心於禪，參加了孫毓芹老師所主持的禪修靜坐班，在南師一九七〇年禪學班開始後，孫公就帶他們全體到禪學班來了。

林中治在跟南師學習的時光中，他認真、努力又專心，超過一般，每日下午四時，工作完畢，他就到南師工作所在的蓮雲禪苑四樓幫忙，他謙虛、熱心待人，大家都叫他林大哥。

一九七二年禪七後，我曾再三催促他寫報告，結果他寫了〈小兵習禪記〉一文，發表於《人文世界》月刊後，造成了一些轟動。因為他真實的修行經歷，和坦率的自白描述，感應了愛好修法的年輕人。

記得他在文中描述見到自性的過程，由於我沒有修養，又不懂，當時還特別請教南師，問他（林）所體會的，是否仍是第六意識的某種境界？南師當時很肯定的答覆我說：

「那是真的，他見到了自性。」

他是唯一的一個，我所知道的，被南師認可見到自性的修學者。但南師又說，林中治想要宏法的話，至少要關門讀二十年書。

可惜的是，進步常伴隨著障礙，不少人看了〈小兵習禪記〉就前來找他問道，他當然熱心與人分享，不曾認為這可能是「好為人師」吧！

令人當時不解的是，每當他回答別人問題時，南師就從辦公室出來對他說：「不對不對！」當他重新再說時，南師仍說：「不對不對！」

南師如此說，大家當時都有些困惑不解，直到多年後，才逐漸明白，這大概是南師的苦心，是要他（林）含蓄不露，繼續修行才可能達到頓悟，如隨緣出來講法，反而耽誤了進步。可惜呀！教人如何說啊！這就是緣吧！

林中治後來隱居於苗栗法雲寺後山，也常應邀到法雲寺講法，他很會講，也很受歡迎。

一九八八年，南師從美國到了香港，不久老古公司人事大變動時，林中治參加整頓工作，負責倉庫，他辦事能力強，很有成效。不久又應邀到首愚法師主持的十方禪林講經說法，並將記錄刊載於《十方》月刊。

記得有一次，大概南師看到了《十方》刊載林中治的文字，就打電話給我說：「為什麼把我講的唯識刊登啊，那是隨緣的方便講，不可以印行。」我說：「那是林中治講的啊！」老師聽我這樣說，還再三叮囑不可輕易整理唯識講解出版。

現在回想起來，南師所看到在《十方》刊登的，正是「禪學講座」中的一部分。

後來林中治不再講法於十方，另有功德主為他安排講法的道場，由林中治定期講課，並由跟他學的弟子們整理記錄出版。

有一天在老古門市看到林中治講唯識的一本書，我帶到香港請南師看一下，豈知南師卻說：「用不著看！像熊十力那樣的大學問家，講的唯識都還有問題！」言下之意，林中治所講的，還會沒有問題嗎？

言歸正傳，回來再說「禪學講座」的事吧。那是一九七三年的三月廿八日至十一月十四日，南師開講禪學的課，定名為「禪學講座」，共講了三十三講。林中治整理的記錄，隨即在《人文世界》當年第五期開始刊載，至第七期，一共刊登了三講。到第四講則叫停，不再刊登了。

對於第四講即不再刊登這件事，我心中是有些納悶的，起初以為是南師沒有時間修改；再仔細閱讀，發現林中治在整理的過程中，增添了不少資料。這是他的熱心，為了更詳盡解釋。但是，這也是在講解中灌水，可能不是南師所要表達的方式吧。

林中治整理的「禪學講座」，直到南師赴美後，才於一九八六年，從頭開始在《十方》刊登。奇怪的是，原來的三十三講變成了四十五講，中間也經過不少人的修改整理，這似乎已經不完全是南師所講的了。

現在這本書已於四月在老古出版了，林中治看過書稿嗎？南師對原整理稿並未肯定啊！現在這筆文字帳怎麼算？責任誰負啊？

我必須說的是，林中治是一個正派有格調的人，他是真修行，真學佛，生活簡單，絕不貪財的人。曾有人安排賺錢的道場請他去講，反而被他拒絕。

二〇〇七年底有一天，與謝福枝閒談中得知，林中治住在台北內湖翠柏新村的老人安養院中。我請謝老總告訴他，不久回台灣時想去看望他，結果我尚未與他見面，他卻於二〇〇八年一月往生了，享年八十歲。

我有時會想，如果那時我不催他寫報告，也就沒有「小兵習禪」了，也許，他在南師的教導下，可能會大澈大悟了吧？

這一切的一切，怎麼說呢？只好留給因果去決定了。

二〇一七年四月十三日

九、你常常看病嗎

人的一生，如果不進三個院，那就是真正有福的人了。所謂三個院，就是法院、醫院、養老院。這是老一輩的人說的，記得我也曾說過這樁事。

不打官司，不進法院，倒也比較可能做到；至於不進養老院這件事，在今日的社會環境下，似乎有些難辦了。當然！如果年老少病，不需要照顧，也可能辦到。

唯獨不進醫院這件事，那是萬萬辦不到的。現在春天到了，聽說這個人頸椎有問題，那個人眼睛有毛病，發燒咳嗽連忙到醫院吊水，不吊水心不安，有洋人把中國人的吊水一事，列入怪譚。

現在好像人人都有病，各式各樣奇怪的病，甚至一出娘胎，就是個病嬰兒。醫院人滿為患，醫護人員極度缺乏，醫生護士個個累得人仰馬翻，也成了病人……

有人說，西方醫學發達，所以看病的人多了，因為古老時代，有病或土法自療，或者不理不睬，有時自己莫名其妙的也好了。

有人說，空氣、水、食物都有問題，造成各種疾病。

有人說，生活不正常，姿勢不正常，心理不正常，以致疾病叢生。

有一種說法最有意思，認為社會人群不健康而多病，是文化問題。比喻說吧，飲食無節制，行為不合理，日夜顛倒，不守常規，情緒混亂等等，都是文化基礎不穩固而造成的。

這話說得似乎有些道理，因為文化是培育一個人，使人行為合乎天道人道，作人知道進退，有分有寸，做事也是有規有矩，才合天理。

不過，也有人認為，天理天道的標準現在也不一樣了，作人的規範也大為不同，所以說來說去似乎都沒什麼意義。台灣去年選了一個「苦」字，有一年選了一個「亂」字，可能也是這個道理吧。

反正，說這些害病、醫病的種種苦惱麻煩，也沒有用，因為我們無能為力，無解決之道。但是，依靠個人的努力，可能不病，或者少病，甚至學會簡單的自療，自然可以少去醫院，醫院的多病患壓力也減輕了，大家真是功德無量啊！

說穿了，因為許多人對自己沒信心，芝麻大的毛病，也要去看醫生，藥拿回家也不一定吃，病就好了，所以純粹是心理作用。許多年紀大的人患失眠症，醫生開給他的藥只是安慰劑，像維他命之類的，可是他吃了也就可入睡，這不是心理作用又是什麼？

台灣有個看病的笑話，因為公教人員看病免費，有些退休人員就每天去看病，也因為他們無事可做，於是三五成群在候診室聚會談天。有一天其中一人未來，有人問：「某人今天為什麼沒來啊？」知道的人答說：「他今天有病了。」

言歸正傳。說到如何可以做到不病或少病，那並不是什麼大問題，只要注意飲食，不吃有添加物的食物，生活正常，多運動，注意身心休養，環境的適當等等，也就算是少糟蹋自己的身體了。最重要的是時時心存正念，行得正坐得端，雖不算是君子，至少不是小人吧！

這些話似乎像是老生常談，有些酸腐之味，但是你能做到嗎？

我也提到過，曾看過一篇美國肝臟協會的報告，說到肝臟在人體擔任濾毒的作用，現在再囉嗦一次，提醒年輕人，只有人在深夜十一時至凌晨一時熟睡時，肝臟才會起濾毒作用，其他任何時間，不管你睡得多麼熟，多麼久，肝臟也不起濾毒作用。

所以，午夜不睡的人，想想你的肝臟吧！

至於有關小病自療這件事，倒是需要學習的。有人建議在小學應設此類課程，使孩子們從小學習保健之道。更有人認為，小學應設中醫藥基本認識的課，發展國民健康的基礎教育，當然家庭教育更是非常重要了……。

二〇一七年五月一日

十、最難的終場

前些天，瓊瑤因丈夫之病，涉及醫療方式問題，家屬的不同認知問題等等困擾，引起社會的廣泛關注與討論，因為這種事也能隨時發生在任何人的身上，所以這種事與社會上的每個人，都有關係。

古人說「人生最難是終場」，這句話的確是最真實的。好像我也曾提到過。

人活了一輩子，不管多風光，多精彩，到了落幕時，最難最難，因為自己可能作不了主。

首先作不了主的，是自己如何離開這個世界，如何離開自己這個軀體。

其次作不了主的，是到了醫院，在醫生和家人的照顧下，那就不知道誰在作主了，總之，多半不是自己。

所以，不管活的時候多偉大，此時此刻，在人生的最後階段，自己卻無能為力。說得赤裸一點，就是只好任人擺佈了。

當然，麻煩的不但是自己，也有家人親友，醫護人員，還有社會人群，如果是個名人的話，引起的意見，就更是複雜了。

我曾提到過，有一位百歲老人，中風昏迷，她的大女兒，主張不送醫，但作醫生的小女兒，認為是病就應該治療。於是這位百歲老人，在醫院受插管治療，一年後仍不治去世，白白受了一年的醫療罪。在這個事件中，誰受益呢？老人未治好，醫院浪費醫療資源，家屬辛勞苦惱又花錢。

人有生就有死，最後都要告別這個世界的，傳統的中國社會，老人病了，中醫把脈開藥，如果治療無效，就是自然死去。現在西方醫學發達，醫院有各種方法搶救，但「藥醫不死病」，壽命未盡的人，吃藥才有效，如生命到了終點，任人如何搶救也是沒有用的。但問題是，無人知道這次的病，是不是人生的終點，不過年近百歲的人，子女就要多加考慮了。

這些問題無法討論，因為醫生的職責是治病，治好病人；親人兒女的意願是讓有病的長輩仍能活下去，二者的想法都不算錯，但是，誰是為病人減少痛苦著想的？

記得南師懷瑾先生，曾對在醫院受治療之苦的老人朋友說：「快走吧！身體已敗壞不能用了，快點離開，換個身體再來吧。」

這是佛學的輪迴觀念，如果自己的願力要離開軀體，則容易解脫，當然，這要在自己不太昏迷，還能作主時才行。

但一般的現象是，病人怕死，子女家人怕病人死，醫生也怕把病人醫死，因為中國人認為：「好死不如賴活」，也因為不知道死是什麼，所以害怕。

許多年前，八十六歲的行廉姐，突然中風昏迷，醫生說，如果七天不醒過來，就成為植物人了。

我立刻打電話給在香港的南老師求教，因為行廉姐在台灣沒有直系親屬，她是住在天主教養老院的。南師囑我打電話給負責的修女，只說「平時聽行廉姐常說，不贊成插管維持生命，所以請用減少痛苦的療法吧。」

修女接受建議，行廉姐一週後返回養老院，不久就過世了，未受插管的折磨。

也有些人則走得非常瀟洒，台灣陸軍中將劉安祺，曾是南師講《左傳》時的聽眾，南師常說劉將軍智慧很不一般。南師在香港的時候，劉將軍在台北，每日前來十方頂樓與我們同打太極拳。有一天，早上九點尚未起床，隨從參謀進臥室問候，劉將軍說：「我還想再睡一會兒。」

十二時參謀再入室探視，發現劉將軍已仙逝了。不拖累人，沒有病痛，自自然然走了，那是生命自然的油盡燈熄，多美好的人生句點。

另有一個胡君，曾任老古的會計，他是修淨土宗的，患了癌症，拒絕開刀，終日念佛而已，並無痛苦。一日妻子做好飯，喊他起床用餐，他說：「還想再睡一會兒」，兩個小時過後去看他，呼吸已停止了。

人生最後得此，真是福氣，太難得了。

其實，人也是可以作主的，瓊瑤的外祖父袁勵楨，就是「預知時至」的，先交代兒子某日要走，離開人世。記得那是一九四〇年，我們在成都，瓊瑤的母親接到兄長從上海的來信，說到他們父親去世的經過。

這位袁太老爺，昔日在哈爾濱作官多年，與倓虛法師結緣很深。

修行人，常能對自己生命有作主的力量，但普通人也是可能的，像美國從前的尼克森總統，就是預立不接受插管維持生命的。

說來說去，最美好的人生，就是健康少病，最後自然離開這個世界，這個目標的達成，其實自己是可能作主的，也就是說，如果你想怎麼樣的話，就會設法去做，才可能達到目的。

二〇一七年五月十五日

十一、客人來了

我們人人都作過客人，也都作過主人。記得小時候，雖然孔家店在五四運動中被打倒，但一般家庭還保持著「食不言，寢不語」的孔教習慣，家中來了客人，孩子們都很興奮，接待客人，一切按部就班，井然有序，客人守著客人的禮，主人就像主人……

現在可不得了啦！大概孔家店被打倒了，加上西方文化的沖激，和科技產生的影響……總之，人變得不太一樣，客人常有動作像主人，主人好像又不是主人的混淆情況，使人一時頭腦昏亂，不知道自己當時是主人還是客人……

舉例來說吧！有一次在友人家作客，主人客人在飯桌剛剛坐定，一個客人就起立挾菜給主人，大概因主人年紀較長，客人對他表示尊敬吧！另一年輕客人見狀，立刻效法，一時秩序大亂，主人除了連聲說不客氣不客氣之外，似乎對主客易位的情況也糊塗起來，不知如何是好。

記得南師在世時，有一次，有幾個客人來訪，飯後告辭，南師擬起身相送。那客人見狀，急忙又走過來，兩手想要按住南師，一面說：不要動不要動，好像忘了自己是要離去的客人，那情境十分可笑。

我也曾碰到這個狀況，那客人再三說告辭的話，再三說保重保重！謝謝多謝！萬分客氣，又叫我不要動……其實我只是作個起身相送的姿態罷了，客人卻認真起來，反而糾纏不清，堅持要我不能動，他也不走，無奈之下，我只好大聲說：「你快走吧！」這客人才意外一驚，如夢初醒，連忙走了。

其實，這都是由於好心熱心造成的，但搞成一團亂，卻是禮的問題。東方西方都有自己的習慣和禮貌，中國人常在公共場所大聲喧嘩，很是粗魯，到了美國的餐館中，點著蠟燭，華人在那裡也就輕聲細語起來，並不喧嚷。可是到了中國街的餐廳，華人聲音一個比一個大，可笑的是，洋人也是大喊大叫的——不大聲聽不見啊！

南師常說是教育的問題，現在崇尚自由民主，想如何便如何，家庭與學校，都忽略了教導孩子們作人的道理，以及進退應對如何得體之道，作客應該守著客人的分際才是。

有一天，一位文化人來訪，帶來他的朋友一家三口。剛介紹完畢，那位太太就走到我身邊站著，叫他的兒子給我倆照相，幸虧有人說：「劉老師不喜歡照相」，他們才作罷。

反正，有些客人前來，進門不問青紅皂白，就用手機拍起照來，好像到了熊貓動物園；而我，就是熊貓，甚至吃飯時也有人給我拍照……反正，想幹什麼就幹什麼，把別人的家當公共場所。有一次，客人還帶了另外的客人，來拜訪宏忍師，那些客人竟自動上到二樓去拍照，宏忍師無奈，只好教訓他們一頓。

又一天，大概是我的貴人日吧，來了一個客人，大家談得也頗愉快，他忽然站了起來，對我說：

「看到牆上掛的南老師的字，我可以拍一張照片嗎？」

原來是一個如此有禮貌的客人，令人不禁大出意外，我連忙對他說：

「當然可以，當然可以！」

意外的是，我忽然聽到自己又對他說：「我們大家也合照一張相吧！」

這次是客人大出意外了，那天，賓主盡歡而散，客人當然很愉快，主人的我，也很輕鬆，阿彌陀佛！

二〇一七年六月一日

十二、吃的文化

有人說文化落後與否，端看公共場所的現象就有結論了。有文化的社會，公共場所，包括餐廳、洗手間等處，不但整齊清潔，也很少有人大呼小叫，人們的移動，也算是井然有序的。

中華民族是有五千年歷史的，誰敢說我們沒有文化？但為何大呼小叫，擠來擠去，垃圾亂丟呢？有人說得好，他說，那可不是沒有文化！那是因為嗓門大的，愛熱鬧的，不守規矩的，和比較隨便的眾生，都投胎到我們這個泱泱文化大國了。

現在先來說一說剩菜太多的問題吧。電視上那句警語，提起大家注意，盤中不要留剩菜。這句話有語病，我好像曾經說過，大家已經酒足飯飽吃不下了，難道為了不留剩菜，還非要勉強吃下去不可嗎？關鍵是不應該擺闊，不應該貪心多拿才對啊。

現在發財的人太多，酒席太豐盛，吃不完剩下的，多得令人瞠目結舌，甚至學校餐廳學生的剩菜，都比吃下去的還多。

真的，社會富裕了，吃的花樣又多，生產的食物，真假莫辨，不像八九十年前的人們，還守著「一粥一飯，當思來處不易」，以及牢記「農夫耕田好辛苦」的傳統古訓。

當然！那時一方面是物資缺乏，另一方面是，「不可暴殄天物」這句話，仍是作人行為的道德底線。

面對這個剩菜的問題，那個文化只有兩百年歷史的美國，多年前餐廳有個法門很妙——當然是吃中國菜的，侍者不管你願不願意，自動用紙盒把盤中所剩一樣一樣的裝起來，強迫顧客帶走。其實帶回家自然會吃掉，所以餐廳沒有剩菜問題。

多年前台灣的「吃到飽」餐廳，對付那些多拿又吃不完的顧客，開始有剩則加錢的辦法，頗有成效。另有一家師範大學附近的自助餐廳，所有的菜，不論葷素，顧客挑好放便當中秤重量收錢。如此一來顧客選菜就很小心了，不敢多拿以免多花錢，所以也沒有什麼剩菜問題。

反正食客貪嘴多拿或主人熱心多叫菜，總有些人有法門對付，只是社會有一個普遍的現象，就是人多半只管自己隨意自在，好像自身行為與社會無關。因此很久之前，有識之士就提出來地球村的說法，人類都住在這個村中，提醒大家要關愛這個地球。但川普只愛美國，不愛地球上其他的國家，所以退出巴黎的氣候協定；偏偏前幾天又看見報載，霍金說，人類要在一百年內逃離地球，因為地球已被破壞到無法住人了。

霍金的說法證實了半世紀之前已流行的一句話：「人類正在自我毀滅的路上前進」。

不過，我相信人類總有聰明的出現，祈禱早日想出自救的辦法才好啊！阿門！

寫完了忽然想到一件事，記得《禪海蠡測語譯》出版後，有熱心人士對照《禪海蠡測》原書查看，發現有些地方不盡相同。

這個情形必定會有，因為南師在審訂初稿時，囑我改以意譯方式，不可拘泥於每字每句的死板譯法，故而重新改變。南師在一九七七年閉關時，修訂全部譯稿，並在多處修改，記得與原書多有不同之處，這是《禪海蠡測》出版二十年之後的事。

全部修訂後的書稿，仍在南師處，後隨同攜至美國、香港，最後隨同南師落腳太湖大學堂。二〇一二年，我才看到全部書稿，而語譯一書的出版，就是這個書稿。

經過如此，特再說明如上，其實在書的前言已經大致說過了。

二〇一七年六月十五日

十三、有個傻小子

中國字真妙，有時也真莫名其妙；中國人說話更妙，有時也更莫名其妙。有個無事家中坐的閒人，他太太說，居然有人說她丈夫支持甚麼計劃，支持甚麼大師說法。她丈夫聽到後很有氣，他說：「天啊！我招誰惹誰了？為什麼這樣亂說啊？」

他的太太很有意思，說得很妙，她說：「誰叫你年紀大啊！活該！」

說中國字妙，或莫名其妙，是有一個故事的。有一個初學佛的少年，看到有些道場有大師「主持」禪七，或準提七；有些地方則說「帶領」禪七，或準提七。

這個少年人就提出疑問，問「主持」和「帶領」區別在哪裡？

有人告訴他，悟道的修行人，才有資格「主持」禪七，因為他是過來人，可以解答修行的問題；而「帶領」修行的人，則是修行有經驗的人，謙虛誠實，不願意冒充大師，所以說帶領大家共修。

這個初學的少年，不免又盤根問底，他說現在主持這個七那個七的大師，當然都是悟道的人啊？為什麼有人問問題不回答呢？這些大師們是經過甚麼人認證的啊？

初學的人多半死心眼，追問到底，弄得那個懂行的人，也不耐煩起來，他說：「甚麼人認證的？你這個傻小子！現在社會進步到如此，還要甚麼真的大師認證嗎？只要自認就可以了！或徒弟搖旗吶喊，自己自然就是大師了。」

這傻小子一聽，忽然心頭一亮，就說了一句大澈大悟的話，他說：「怪不得連雞蛋都有假的！」

這傻小子還真不簡單，他又說：「看到許多人學這個法，學那個法，到處跟這個學，跟那個學，弄得我也不知道跟誰學才不是山寨版。」所以他才去問這個懂行的人。

這個懂行的人也很妙，他對這傻小子說：「你把我也說糊塗了，我也弄不清誰是正版誰是山寨版。這樣吧！我看你還是學打拳去吧！」

黃梅天濕熱，聽了來客一陣胡扯，有趣有趣，就與大家分享吧。

二〇一七年七月一日

十四、打官司

最近天熱，事情又多，因為宗性法師說，今年九月是維摩精舍的開創人袁公煥仙夫子，一百三十歲的冥誕，所以想要出版紀念文集。台灣南懷瑾文化公司當仁不讓，答應幫忙編輯出版。但稿件收集太晚，正在忙亂之際，偏偏就有台灣來的，或南粉或文化界，直接或間接來打聽南師後人狀告上海復旦大學出版社和台灣老古公司侵權事。因南師辭世前後，他們出版南師的著作未支付版稅，那是違法的，屬於侵權。

所以南師的後人不得已，在二〇一四年向上海法院狀告台灣老古公司和上海復旦大學出版社侵權。

經過兩年多審理，今年（二〇一七年）三月卅一日，上海第一中級法院作出判決，駁回了台灣老古對著作權的主張，南家後人勝訴，著作權應屬南家子女所有。

換言之，老古公司和復旦出版社敗訴了，也就是說，未得南師繼承人授權，出版南師的書是犯法的行為。

其實我所關心的，只是書的內容是否符合南師的本意。我們跟著南師幾十年學習，總不能違背師教吧！

說到沙彌到老古負責工作，本是我向南師建議的，那是一九九八年在香港，沙彌原在香港一家法國銀行工作，負責股票方面的業務，但是老師對她說，你在銀行工作到老，只是賺錢而已，人生的價值和意義就談不到了。所以建議她辭掉銀行，去管理老古吧。

沙彌很聰明能幹，寫文章一教就會。我為什麼建議南師，要沙彌來管老古呢？這就說到我從一九八九年開始，與閆修篆、王啟宗三人，義務擔負老古的工作，我是負責文字的。十年中來往兩岸，為出版南師的著作事，我已年屆八十歲了，生恐忽然倒地，老古怎麼辦？故而建議沙彌接手，因素美姐（沙彌的母親）與南師有企業公司合作，沙彌來往港台與南師較易溝通工作狀況。

慮。

南師辭世後，我曾建議沙彌與南家子弟合作，共同經營老古，但她未考慮。

其實，南師早已表示不願在老古出書了。老師曾多次告訴我，擬另組公司出版，老古將來只是一個書店而已。而此事我在多次回台時，也曾告訴老古的同仁，趙、陳、張諸位。

在《孟子與萬章》一書整理完畢，南師審閱後，遲遲不說出版，又說先出版簡體字版。當時我還不了解老師是想捨棄老古，老師問我《孟子與萬章》在哪裡出版啊？我還說：「當然在老古啊！」老師無語，於是才得已在老古出版（此事宏忍師看到經過）。

關於南師的著作權，天經地義是歸子女的，不知道為什麼，沙彌認為南師叫她去管老古，就誤以為著作權也是老古的。

我的內心是很同情沙彌的，她對我也很友好，可是為什麼演變成想佔有著作權呢？猜想是弄不清狀況，又受人撥弄，才走錯了路。

現在沙彌代表老古上訴了，據各方估計，轉敗為勝的可能不大，在南師學生們的心目中，和睦相處共同努力發揚師教才是重要。古人說「知錯能改，善莫大焉」，大家都等待沙彌回頭是岸，千萬不要走入死胡同，同學大家不會敵視她，因為，我們都不是聖人，誰都會犯錯啊。

二〇一七年七月十五日

十五、吳清友和誠品

誠品的吳清友走了，消息震撼了許多人的心靈。

十多年前，韓國的出版界有人來到台灣，我建議他們去看看廿四小時開著門的誠品書店。他們看後大吃一驚，想不到台灣在文創方面有如此的突破和超越，不可思議啊！不免自慚落後……

吳清友做生意賺了錢，有錢就可以實現自己的理想，那是自幼秉受父親所堅持的「誠」，與個人修養的「品」德。

古人說：「掙錢容易花錢難」。這句話涵意深遠，也是告誡有錢人，不可奢侈浪費，花天酒地；更要緊的是，不可縱容晚輩恃「財」傲物而頑劣。

記得大約是十幾年前，有一次，從遠地來了一個記者，在除夕桌上，他向南老師提出一個要求。大概是代表他們那裡的有錢人來要求的吧，他說：

「我們那裡滿街都是賓士車，有錢人太多了，但是他們心中都很空虛苦悶，錢有了，卻不知道人生該如何是好，所以想請南老師到我們那裡，給我們開一個小竈，告訴大家怎麼辦……」

由此可見，當時努力賺錢的人，以為有錢萬事足，豈知有了錢才發現，錢多了還給自己添加了空虛和煩惱，因為無理想，無智慧，自己只是個追求物質的低俗之人……

可憐啊！發了財的人，有些有善心的急於行善，反而被偽善所愚弄，這是花錢得惡果的一類，皆因缺少智慧判斷之故。

吳清友先生把做生意賺來的錢，花在完成自己所追求的理想上，創造了一個誠品書店，設計獨特，溫暖美妙，自己的理想，就是為人，為文化，為社會大眾。

有人問：「什麼是誠啊？」

孔子的孫子子思說：「誠者，天之道。」子思在《中庸》中最強調的就是這個「誠」。對人要誠，做事要誠……誠是作人的根本，是天之道。

南老師在《話說中庸》裡解釋說：「誠就是天性本具率真的直道……人

能自誠其心，達到至誠的境界，才是人道學養最重要的造詣。」

孟子引用「誠者，天之道也」之後，又說「思誠者，人之道也。」在《孟子・離婁》篇中，南老師簡單明瞭的解釋說：

「誠是天道，思是思想，思想達到那個至誠的境界，就是人道。」

吳清友先生是台灣人，台灣人自來就有一個說法，他們說：

「我們都是河洛人！」

什麼是河洛人？

「河」就是黃河，「洛」就是洛水。上古夏禹治水，黃河上游出來一個龍馬，背上圖案即河圖，後演變成先天八卦。

稍後在洛水中出來一個烏龜，背上圖案即洛書，後來演變成後天八卦。

這些說法雖是學術文化的神話部分，但所表達的是，中華文化發源於北方黃河上游及黃河之南的洛水（在河南境）一帶。

總而言之，河洛者，中華文化起源之處，中華子孫繁衍進化，遷移流動，逐漸向南，有一支到了福建，後再有渡海赴台者。

台灣「雲門舞集」的林懷民大師，曾編有渡海舞劇，描寫先民由福建渡海去台灣時乘風破浪的壯舉。此舞並在世界各地表演，感人至深。

渡海來台的河洛人，日月穿梭，年復一年，吳氏家中之子清友，想起了子思，想起了孟子，想起了「誠」字，「誠品」誕生了。

那天，就是那一天，空中忽然仙樂陣陣，隱約的唱著……

吳啊！吳啊！清友啊！我們來了，接你啊……他擱筆仰望，笑了，更笑了，起身相迎，仙樂聲中，乘風隨去……

二〇一七年八月一日

十六、真奇怪

一個八十五歲的老先生，從三樓跌落樓下，居然筋骨無絲毫損傷，這真是太奇怪了。

當然也有一點表皮擦破，頭內有些微出血，服藥後即消掉了。

無論怎麼說，這事有點不可思議，使我想起南老師講課時曾提到過，同樣是跌倒，如果是嬰兒，則不受傷，因為嬰兒沒有意識去掙扎，成年人因害怕，心生抗拒，反而受傷。

但是八十多歲的老人，並不是嬰兒啊。

所以我猜想，可能這位老人，一時之間忽然短暫的昏厥，意識不起作用，才會如此。況且，如果不是昏厥，怎麼會跌下去呢？他本來是站在那裡等人的，並不是在走路。

說到這位老先生，他可不是什麼局外的人，他是南老師學生之中，以目前來講，是最早的一兩個之中的一個（另有一個是林曦）。他就是《禪門內外》中提到的杭紀東。在〈杭紀東的茶匙〉中，南老師說：「我的禪宗如大海水，杭紀東拿一個小茶匙來舀。」

杭紀東老學友，我找他找了兩年了，最近才算聯絡到。因為明年農曆二月初六，是老師的百歲壽誕，為了紀念文集之事，希望一些較老較早的老學友們，各自撰文描述結識老師的經過，湊成一冊，必定別具一格，既有歷史意義，也另有引人入勝之趣。

為什麼這麼說呢？因為五〇年代的台灣，老師不像今天在大陸這樣出名，所以結識老師，多半是轉彎抹角，經過也頗奇特有趣。杭紀東認識老師就很曲折可笑，那是五〇年代的末期，他是意外認識老師的。

寫到這裡，說完了杭同學，又想到老人跌跤這種事，大約是去年春天，在我摔傷左腿之前的三四個月，我也曾有一次奇怪的經驗。

那時我的三餐是自做自食的，那一天，晚飯後，我端著盤子碗筷去廚房，三五步之遙到了廚房門口時，忽然兩腿發軟，剎那間我扔掉手中的盤子，並趨勢向下坐到地上。這一切幾乎是同時發生的，因為平時喜好運動，反應還算不慢，所以並未受傷，只是在地上爬來爬去才抓到椅子，站了起來。

更令人感到不可解的是，頭一天的晚上，我和宏忍師坐在餐桌邊閒談，頭頂上的燈忽然熄滅了一個，剛說需換燈泡時，它又亮了，接著全體十二個燈泡全部熄了，又全部亮了，如此又熄又亮來回三四次之多。

這像是偶然嗎？我倆呆了，恐怕有事！這不單純，這是向我們透消息嗎？可惜我們太笨了。不過，過去心不可得，過去的就讓它過去吧，還有許多事要做呢，過去的就不要在意了。善哉善哉！

二〇一七年八月十五日

十七、猜一猜

秋風起，暑氣消，神清氣爽之際，常令人想起陳年往事。有人說秋風一吹，會使人悲秋，但今年的秋風卻令我想起二十多年前的一樁趣事。

那天我從北京到了香港，頗為特別的是，南老師的客廳裡多半是老同學們，沒有什麼生疏的客人。晚飯後，大家也就自在逍遙、無拘無束起來。

這時我忽然想到一個老故事，要大家花腦筋猜一猜。這故事是說：

從前在一個小鄉鎮的地方，有一個尼姑庵，一天的傍晚，有一個醉漢倒在尼姑庵的門前，那尼姑開門看到醉漢，立刻就把他連拉帶拖進了庵內。

這一幕恰被一個鄉民看到，就把尼姑告到官府，說她不守清規。縣太爺大怒，立刻把尼姑捉到府衙審問。

但這尼姑只向縣太爺說了兩句話，縣太爺就把她無罪釋放了，她說：

醉漢妻弟尼姑舅
尼姑舅姐醉漢妻

請問，醉漢和尼姑是什麼關係？

我當時說了這個老故事，叫大家猜，那情景真好玩，大家就胡亂猜了起來，其中那位陳定國博士，老師叫他「定國公」的，每晚來老師處吃飯，大家稱他「飯廳廳長」，他猜得暈頭轉向，他可是美國的博士啊，但無論如何他都搞不清楚。看見大家都投入苦思，有人還在畫圖表研究……那個場面，真夠令人噴飯的。

最後折騰一個人仰馬翻，大約半小時吧，還是李淑君猜對了。

這一幕的情況令人感覺，一般男性對人與人的關係，不如女性來得較為清楚。

秋風一吹，我忽然想到這件往事，現在多是獨生子女，缺少親屬，所以把這個老故事說一說，請讀者尤其年輕的讀者猜一猜，在九月二日零時前把答案報過來，前五名答對的有獎，各贈送繁體版新書《懷師之師——袁公煥仙先生誕辰百卅週年紀念》一冊。

年輕人快點琢磨吧！

二〇一七年九月一日

十八、綁票的故事

上次〈猜一猜〉這個謎題，大家很熱烈的猜起來，有趣的是，按道理來講，答案猜姨夫或父親，都應該是對的，但縣太爺認為是父親，而不是姨夫，為什麼？

說到這裡就會想到，南老師常說的，經史合參的重要。在研究經典，甚至任何文獻時，如果不與歷史對照參究的話，結果一定會產生偏差的。也就是說，要了解事情的時代背景和環境因素。

所以，如以邏輯觀念解析這個謎題，姨夫當然也是正確的答案，但與歷史合參研究，姨夫就不對了，只有父親才對。

原因是，既然是縣太爺審案，說明此事發生在古時候的社會，在那個年代，男女授受不親，如果倒在尼姑庵門前的醉漢是尼姑的姨夫，尼姑豈敢把沒有血親的男子拖拉進去？她一定是設法找醉漢的家人前來處理的。所以，縣太爺才認定醉漢是尼姑的父親。

那天大家六七個人，又在說這些故事的時候，我忽然想起早年祖父被綁票的過程，大家聽了都說是奇聞，應該說給大家聽。

那是九十年前的事，父母親與我們姊妹兄弟當時住在開封，祖父被綁票發生在我們老家鄉下，離開封一十多里的黃河北岸封邱縣東蔣寨。鄉下老家是有槍枝的，因為鄉下沒有警察，那時對於槍械也沒有管制，買槍是為自保。

一天的深夜，忽聽得急速的敲門聲，二叔被驚醒，問是誰敲門？答以某村某人家中急事，來找幫忙。聽起來像是真的，二叔就令長工老王開門。大門一開忽然進來五六個大漢，還帶著槍，為首的說：「請老太爺跟我們走一趟吧！」

原來是綁架祖父的。二叔立刻說：「人家給你們多少錢，我加倍給你們。」

那首領卻說：「不行啦，我們已經先答應別人了。」

原來盜匪也守信用，這是中華傳統文化，盜亦有道。如果人不守信用，那就連盜匪都不如了。

再說那些綁匪，態度也很客氣，祖父只好跟他們走了，否則就可能開槍傷人。

那個時代，家中有人被綁架，不必驚慌，因為第二天就會有人上門來說條件。這些中間人叫作「說票的」，他們不是匪徒，只是應匪徒所請，前來協商贖款的事。匪徒請他來，他也不敢不來，當然他也心存息事寧人的想法。

說票的要我家先準備四樣見面禮。一般就是一蒲包山藥，一蒲包冰糖，一蒲包大棗，一蒲包記得是大米。說票人帶著四樣禮送給綁匪，算是被綁人家的客氣，意思當然是希望他們不要求太多錢。

然後來來回回討價還價，最後兩方都同意了，我家就將錢交給中間人，中間人即通知匪徒放人。待祖父平安到家後，中間人才將贖款交付綁匪。

這說票的不就是支付寶嗎？所以千萬別說支付寶是馬雲發明的，我們中華文化早就有支付寶了，馬雲只不過是擴大發揚中華文化罷了。

再說這些綁票的匪徒，不久就被縣城的剿匪大隊抓獲了，因為有人也悄悄的去縣城報案。但我家情願花錢使祖父回來，不敢等剿匪，怕祖父有意外。

另外那些說票的，官家就不會為難他們了，因為他們也發揮線民的作用，沒有他們還抓不到綁匪呢。

從前連匪徒態度都算還有禮貌，想不到吧？

二〇一七年九月十五日

十九、大日子

什麼叫大日子？那不過是重要的日子罷了。

今年的大日子九月廿九日，就是紀念南師仙去五週年的大日子。廿九日的紀念活動，參加者三百餘眾，各方來賓，冠蓋雲集，歎未曾有。紀念會致辭嘉賓，共有十位之多，蕭軍書記（地方政府代表）、朱清時院士（原南方科技大學創校校長）、胡德平先生（全國政協經濟委員會副主任）、孔丹先生（中國改革發展研究基金會理事長）、張連珍女士（全國政協教科文衛體委員會副主任）、李光富會長（中國道教協會）、陳知庶中將（駐港部隊前副司令員）、易智峻先生（國家開發銀行顧問）、鄭宇民先生（浙商總會創會秘書長），還有老師的幼子南國熙。

大會邀請學者專家等前來國學講壇講演的有宗性法師、陳凱先院士、祁和暉教授（西南民族大學）、中科院裴鋼院士，以及台灣洪蘭教授。

而在前一日（廿八日），先行舉辦老太廟開光典禮，及皈依儀式，同時文化廣場啟用，皆由宗性大和尚主持。

有關這一切，主辦單位自有詳細報導，我就不多囉嗦了，而我要說的，是一些特別的事。

此次紀念活動與以往不同的，是南懷瑾學術研究會也參與主辦，所以除了邀請有關各方之外，特別接受自願（食宿自理）參加者，報名者共有三百多人，因場地的關係，只能接受一百人左右。這些自願報名者，想必都是南粉吧！看到大眾如此熱烈，主辦單位深受感動，至少要送些禮物給大家吧！於是，想來想去認為送一本南師親撰的，由南懷瑾文化公司訂正，登琨艷先生封面設計的那本《禪海蠡測》，作為此次五週年的紀念活動贈品，最有意義，這是一件事。

另有一樁妙事是，在廿八日下午二時至五時半，安排由宗性大和尚、宏忍師及古國治三人，共同對自願參與的大眾所提問題作答。

這可是一樁大事，為避免臨時提問太耽誤時間，就請他們把問題先書面提出。

修行。

看到這些林林總總的問題，太有意思啦，歸納起來，不外乎，孩子不聽話啦，想學佛有障礙啦，父母的問題啦……而最嚴重的一個問題就是：如何修行。

既然要人家提問題，人家當然就提，問題是如何回答。

所以最精彩的，當然就是回答了。

親子家庭的問題，由古國治老師回答，他是這方面的專家，曾下功夫學習，又有多年解決問題的經驗，相信在座一定會滿意的。

宗性大和尚的釋疑幽默風趣，而宏忍師則與大眾吟誦老師詩作：

萬古千秋事有愁　窮源一念沒來由

此心歸到真如海　不向江河作細流

吟誦也是健康長壽的法門。

此次與許多非熟人互動，很有積極意義，自從南師離開這個世界，五年來，經過太多的混亂和不安，此次與年輕的朋友們互動，似有建立正知正念，促進文化溝通的意味和效果。

所以，有人說，以後如能時常舉辦這類活動，定能增進南師教化的普遍，更有和諧社會人與人之間的了解與互信。

不過，我卻認為，見過南師的朋友們，不必來湊熱鬧了，把機會留給年輕人吧！

其實，早在一九九四年南普陀禪七時，我就有這個想法，我對老師說，我不去參加了，打七也悟不了啦，只能漸修，何必佔位子呢！機會給年輕人吧！

此次還有一個特殊的異象，在廿九日下午活動圓滿結束時，老太廟的上空，忽現兩條強光照耀，現將照片附後，請大家看一看這個奇景吧。

二〇一七年十月一日

二十、今年的月餅

中秋節年年有，中秋月餅年年吃，但今年的月餅卻大大不同。

往年在台灣時，每逢農曆八月，為了要吃月餅，初一就開始減食，等到初十就開始吃月餅了，一直吃到中秋節後三四天，才算吃夠了。

雖然如此，但我算是比較有節制的，不會狂吃狂喝。

可是今年卻大改以往的習慣，月餅雖未狂吃，但也算是大吃一番了。因為今年吃到的月餅，很不平常，是從未吃到過的。

大約是農曆八月初的時候，門衛送來一個包裹，細查寄件人的地址和名字都不清楚，不認得。於是大家就猶豫起來，是否應該退回去呢？

當時我還忽然想起，從前台灣的副總統謝東閔，打開一個包裹時，被炸傷了手，因為那是一個台獨份子寄來的。

現在面對這個陌生人寄來的包裹，由於是門衛先收下的，大家才猶豫起來，不知如何是好……後來宏忍師忽然說：「不管啦！先打開看看吧！」打開一看，見到有八個素月餅，和一罐茶葉，還有一封信（這與一本書有關，在此就不細說了）。

這八個月餅是散裝的，沒有盒子，既然是月餅，大家就撕開包裝吃了起來。這一吃非同小可，「真好吃啊！」「太好吃了！」「從來沒有吃過這麼美味的月餅。」

這個月餅真是太美味了，實在有些不可思議。我對於有添加劑的食品一向敏感，但這個月餅吃下去，不但美味，而且胃裡並沒有負擔的感覺，所以糊里糊塗就吃了一整個，平常我只吃四分之一個，頂多半個。

喜愛這個月餅的可不止我們這幾個人，後來吃過的人，都讚不絕口。再看那一罐茶葉，是手工精製的，喝起來香醇無比。當時大家吃喝一陣，其樂融融，十分高興。可見人的快樂，是很容易滿足的，不一定要升官發財。

一夜無話，次日，眼看八個月餅只剩兩個了，大家忽然動了買的念頭，好東西要與好朋友分享啊。

於是彭敬先在網絡上找到了這家餅店，了解了產品的種類，這是偏遠地方的一個城市的店家——恕我不能公開店名，以免有廣告之嫌。

我們本來只想買十幾個月餅，但店家說買四十個才寄。最後只好買了四十個，才花兩百多元，而香港買了一盒四個月餅，就花了兩百元港幣。

可笑的是，我們告訴店家，不可以把多日前的存貨寄來，豈知那店家說：「每天都不夠賣，哪裡有存貨給你們！」那口氣像是訓了我們一頓，可見生意太好了。

四十個月餅收到後，更有意思了，凡是來客吃了這種月餅，不但讚歎不已，臨走還帶去兩個，所以不消幾日四十個月餅就差不多消完了，這時還未到中秋節呢。

正欲再買一次時，恰好鄰居呂老闆家送來自製的五仁月餅——真叫作好事連連啊！呂府的五仁月餅是把果仁壓碎而成，材料新鮮，絕無添加劑，風味自然不同，外加包裝古典，上蓋紅紙，令人想起幼年時代的節日。此時恰好來客多人，都大吃起來，好不熱鬧。有個客人甚至連連的吃，一定是五仁月餅的愛好者。

說起五仁月餅，那也是南老師的最愛，有一年在香港過中秋，聽說老師曾經連吃三個五仁月餅，好嚇人啊！不過，他後來也吃了消化藥。

至於我們的這批四十個月餅（有烏豆沙、綠豆沙、蓮蓉、芋泥、黑芝麻、雙烹等），聽人說店家可能是用麥芽糖代替普通糖，故而風味特殊美好。

人做好事有功德，出錢出力，教化助人當然功德無量。但是，令人精神愉悅，歡欣快樂，應該更是功德不凡了。忙碌苦悶的生活中，有共同的歡笑和口福，多幸福啊！好月餅！萬歲！

二〇一七年十月十五日

二十一、你有病嗎

佛曾說眾生都有病，其實用不著佛說，只要是人，都知道自己多少都有些病，絕對健康的人幾乎沒有。況且，什麼叫絕對健康，也難說清楚，更難下一個定義。

人的根性不同，雖然五臟六腑結構相同，但是生命力和感受力則各不一樣。所以剛畢業的醫生認為，無病不能醫，日久卻發現，對什麼病都無把握，因為同樣的病，同樣的方法治療，有人治得好，有人治不好。

有專家認為，因為病人的心態不同，而產生了不同的醫治效果。此話應該有些道理，但是也因為病人的身體運作功能是不可測的，所以，有人莫名其妙的病了，又莫名其妙的不治而癒了。

多年前美國有一個少年，得了癌症，後來準備動手術時，卻發現癌不見了。也有些意外死亡的人，在遺體解剖時，發現許多人體內有癌，但這些人活著時卻是非常健康的。更有些癌症患者，痛苦萬分，而同樣的患者，卻毫無痛苦，臨終十分安詳。

對這些現象，醫學方面也解釋不了。

日昨那位主持身心鍛鍊的人來，談到他們鍛鍊的內容有聲瑜珈，唱誦，研讀傳統典籍等，每次七日。有一個參加的人，患皮膚癌（在手部），經過一段時日，卻意外痊癒了。他來參加時並不是為治病。

他認為，因為唱誦的呼吸之氣，暢通了身體內部氣脈運行，而達到體內除垢的效果。

患病的人，對自己病癒的信心極為重要，有信心自然會盡自己的力量。信心產生的能量，對病癒有正面的作用，病情就會減輕一半了。如果病人心生恐懼，只依賴醫藥，自己的能量就發揮不出來了。

信仰就是力量，有信仰就有信心，有信心就有力量。有時那種力量是無法預估的，也可能是很奇妙的。

更明顯的是，有信心自然就會樂觀，也可以說，樂觀才可能有信心。人生本來苦多樂少，運氣不好時，人多半會苦惱不已，但是，如以樂觀的態度看待一切的不順遂，自己反而會心安理得。因為，壞運是自己所造的業果，現在果報來了，等於自己的債主來了，安心接受果報不就是償債嗎？那樣看待壞運不是就沒有苦惱了嗎？

這就像討債的上門，正是我們把欠債還清的時候，應該高興啊！

算命的常說，十年好運，十年惡運，好運就不必說了，當壞運來臨時，或破財，或害病。有一個命理大師徐樂吾曾說，害了病，醫來醫去都醫不好，待惡運一過，自己的病卻不藥而癒。

所以保持樂觀，保持信心，活一天努力一天，就是好運。有一個辦健康雜誌的人說：「笑一笑，十年少。」南老師叫人打坐要面帶笑容，老師又說，你如果不會笑，就先對著鏡子練習咧嘴吧！

先學咧嘴再學笑，多妙啊。

二〇一七年十一月一日

二十二、雜談

九月廿八日那天，在紀念南師辭世五週年的活動中，宗性大和尚和宏忍師及古國治老師三人，有一個答疑的節目，我曾在十月一日博文中提到過，內容很有意思。

昨天看記錄文字，已經整理出來了，看到後忽然想起從前有些情況，與大家的問題也頗有相似之處。譬如有人問，自己想打坐，想聽講經，但家人卻要自己陪同去郊遊，或看電影之類的。

一個人不能做自己喜歡的事，已經夠煩了，還要勉強去做使別人喜歡的事，那的確有點令人難受。

記得是一九七〇年吧！我因錯過了考期，只能以一個旁聽生的資格參加南老師主持的禪學班。後來要舉行禪七了，班中只有廿來個學生，記得參加禪七的還有林中治、李淑君、鍾德華等人。當時打七是在講堂，每晚各自回家。

第一天過後回家，恰好外子從國外回來，因我熱衷打七，第二天仍去參加。見到南師後我說，我先生回來了，不高興我來打七。

老師聽後急忙說：「快回去快回去，一個人連家都顧不好，還學什麼佛啊！」我也就連忙回家了。

南老師常囑咐學佛的人，要「潛修密行」，學佛絕對是個人的事，老師也曾說過，學密法的人，默念咒語，結手印，如室內另有他人，應用布遮蓋手印，以免別人看到心生不爽或煩惱。換言之，不要因自己的做作，令他人不快。

其實許多宗教熱情的人，喜歡向他人說佛說道，有時反令人厭惡。老師門下就有三個，被老師指名為佛油子，現在兩個已作古了。

說到密行這件事，南師在台灣結婚的那個師母，婚後一年多了，有一天從外面回家，竟對南師說：「外面有人說你南某人有道，你有什麼道啊？」

這是老師告訴我的，但他沒有說如何回答師母。可見老師平日的修持，外人是不知道的，連自己的家人都不知道，這大概就是所謂密行吧。

總之，不可因自己的喜愛和作為，令別人煩惱，何況菩薩行還是捨己為人呢！在中國傳統文化中，捨己為人的行為，也是屬於很高尚的品性。

自那次放棄打七回家後，情況就緩和很多。外子對佛法無緣，但他並不反對我學佛，在我翻譯《禪海蠡測》時，他還曾幫忙我抄稿子呢。

家庭中也常有孩子不用功成績很差的事，有些父母會打罵孩子，孩子只是孩子，可能誘導的效果反而比較有效。

我的小女兒小學時，成績不好，不敢把成績單給我看。有一天我拿來一看，原來她的成績是倒數第二名，我立刻說：「還好！後面還有一個不如你的。」

有一天偶然講這個笑話給南老師聽，結果老師連忙說：「我上小學還是倒數第一名呢！」

父母都希望孩子功課好，可以進好大學。不過，再看郭台銘，事業那麼輝煌，他不過只是一個海事專科學校畢業的學生啊，既不是北大、清華，更不是哈佛、耶魯。

所以古人說：「三分人事七分天」，盡力很重要，至於成功，古人又說了：「謀事在人，成事在天」。

二〇一七年十一月十五日

二十三、也說幼稚園

五四運動是一九一九年，之後，西風東漸，中國開始大量引進西方的科學民主、教育制度等，小學中也開始辦起了幼稚園。

開封師範附小，離我家不遠，一九二三年，開辦了一個幼稚園，初次招生只有十來個兩三歲的小幼童，我是兩歲，也是其中之一，因為太淘氣，太麻煩，不如送到幼稚園去禍害老師吧。

我們這十來個小幼童，都是由女傭抱到學校去的。在教室中，這些女傭們坐在最後面，她們談話聊天，聲音蓋過老師。記得當時，我只聽到她們的笑聲，老師說什麼，我們都不知道，大概也聽不懂，兩三歲的幼童，大家只是東張西望，環視這新鮮的地方。

當時的情形，我至今記憶猶新的，是吃點心時間到了，每人發放兩片餅乾。別看這兩片普通餅乾，當時是十分珍貴的，因為這是引進西方的食品，一般家中不常有。

小娃娃們高興的吃了餅乾，接著是休息時間，女傭們說，餅乾吃過了，回家吧，我家女傭張嫂，就抱著我回家了。一時之間，教室空空，女傭們各自抱孩子都回家了。

哪知剛到家不久，學校校工就追來了，說：「請學生回學校上課。」張嫂說：「剛回到家，今天不去了。」

這是九十多年前的幼稚園狀況，今日看來不可思議。現在可好了！想進幼稚園擠破頭，聽說還要考試，大班小班還要學認字，功課很多啊！人生本來是苦，現在弄得兩三歲開始就得受上學之苦，真可憐啊！再想起我的幼童年代，真是太幸福了。

最令人難過的是近日新聞報導的虐童事件，除了罪犯之外，也應該有人負責吧？

一般社會國家法律，對詐騙貪污之罪，看得很嚴重，但是財物損失是身外之物，有時仍可能得到彌補；反觀殘害他人身心的虐童，還有強姦性侵的罪犯，那是對人身心終生的殘害，是無法彌補或賠償的。

記得有一個國家曾有人建議，對強姦犯應施以宮刑，殘害他人身心，應該讓犯人身心也受殘害的懲罰，才算公平，也就是以其人之道還治其人。

有犯罪心理學的專家認為，視案情的輕重，亦可施以鞭刑等。總之，要罪犯也受身心之苦，才算合理。多年前有一個出使沙烏地阿拉伯的人回來說，沙國沒有小偷，因為當地法律，抓到小偷，就以斫掉其手為刑。

幼稚園的老師以年輕人為多，有些年輕人比較有情緒，缺乏耐心，教導幼童是很麻煩的，因為年幼說不通理。多年前我到美國訪友，友人的太太是美國人，有碩士學位，但卻在幼稚園當老師。據說，當地教育方面有規定，幼稚園老師必須具備修過幼兒心理學的學歷才可以，可見當地教育機構對幼兒教育的重視。

古人常說危機就是轉機，幼稚園虐童事件爆發，希望也是一個轉機的機會吧。

二〇一七年十二月一日

二十四、美與老

有人告訴我一個新聞，說一位六十多歲的老太太，拿著香港一位電影明星的照片，去給自己整容。俗話說，「愛美之心人皆有之」，這位老太太，有興致，有財力，願忍受整容的皮肉之苦，她是很勇敢為理想而奮鬥的人。而最難能可貴的，是她不在乎一般人的評論，她做自己愛做的事，哪管那些吹毛求疵的閒言閒語！活出自我！讚！

怕老，不一定是女人，男人也是一樣，不過怕自己的形象老化，以女性為多。其實，既然人生自幼至老是必然現象，那又何必為外相煩惱呢。

有一個研究心理學方面的人，曾把年紀大的女人分為美人老、老美人、美老人三大類。

「美人老」這一類型的，一看就知道她年輕時是個美人，現在美人遲暮，看起來令人不免有點淒涼悲傷的感覺。

「老美人」這一類型的，看起來雖然是個老人，但是一個很美的老人，雖然老，卻給人一種自然和順的感覺，望之令人心中愉快。

「美老人」這類型的，可能是散發出成熟智慧的老人，也許是偏重於內在方面的，因為安詳沉穩的形象，而產生一種美感，屬於心靈方面的較多。

有人對這種說法提出補充，認為男人年紀大時也適用這種分類。這個說法也有道理，所以常常有年輕女性反而欣賞年紀大的男性，可能是折服於老男人的成熟美吧。

不過也有喜愛說反話的人說，老夫少妻不一定是因為那老男人是個美老人，而是因為他多金，可以供給年輕妻子富裕的生活，或者因為老男社會地位高，嫁他就成為一品夫人了。

當然有些老夫少妻是事業的結合，最令人欽佩的是錢穆的夫人，她原是錢老的學生，比錢老年輕很多。錢穆年紀比岳父年紀還大。錢夫人的一生是錢老的左右手，她照應他的生活，替他開車，替他抄寫文稿，整理資料……錢穆事業學術的成就，其中都有她的貢獻。

其實，人老了，不止分成這三類，事實上是千千萬萬各式各樣的型態。有個幽默的人，把老人分成討厭型、可悲型、雞婆型等等之類，其中雞婆型是台灣話，說這個人一天到晚嘮叨不停。還有些老女人，天天看兒媳不順眼，調撥兒子，這又算什麼型呢？

花花世界，萬花筒一樣，什麼都有。年輕嫁很年老的也好，法國總統娶了同學的媽也好，只要他們願意，又有何不可呢！我們也就不必雞婆了吧！

二〇一七年十二月十五日

二十五、新書消息

二〇〇九年底，南老師帶領同學們讀《指月錄》，並對有關曹洞宗的特點、學術，以及修持和傳承等重點，加以研討的講課記錄，已經快要整理好了，大概農曆新年時可以出版，全書約五百頁，由台灣南懷瑾文化公司發行。現在先將出版說明介紹給大家看吧：

《洞山指月》出版說明

（一）

二〇〇六年二月初，春節過後不久，位於江西宜豐的禪宗祖庭，傳說有整修為觀光旅遊之地的計劃。南師懷瑾先生聞訊後，當即囑古道師前往探訪了解，並修書兩封，致當地政府領導，盼能保持祖庭原貌，以維護禪文化的歷史遺跡。

三月三十一日起，古道師即出發前往江西，在十七天的時間裡，探訪了馬祖、百丈、黃檗、臨濟、曹洞、仰山等祖庭，向南師所作報告，集結成冊出版，名為《禪之旅》。

（二）

在古道師江西探訪之行後，南師即不斷與有關各方聯繫溝通，對一切情況作更進一步的了解。迨至二〇〇九年，才決定對洞山祖庭進行復建。

南師首先囑咐登琨艷製作設計規劃圖，隨即宣佈洞山祖庭的復建，需籌募資金。那天晚餐時，同學們聽到消息，即踴躍贊助，當晚李慈雄、呂松濤、陳金霞各捐兩千萬元，另有一人捐一千萬元。數日後李慈雄再加增兩千萬元，在施工的末期，陳萍也捐助一千萬元。其餘小額捐款也不少。

（三）

諸事已定，南師開始帶領同學們再讀《指月錄》，並對有關曹洞宗的特點、學術，以及修持和傳承等重點，加以較深入地研究討論。所以自二〇〇九年下半年開始，每日晚餐後，大眾共同唸誦《指月錄》的篇章，先由古道師用白話講說一遍，再由同學們自由發言，或提問，或表達看法。而南師則隨時或加解說，或導正，或糾錯，偶而亦有禪機靈光一現，只不過大家多半接不住罷了。

由於同學們事先多有用功準備，故而討論熱烈，此起彼落，一時之間，室內氣氛儼然古之書院再現，激發思維，引人入勝。

這本書就是當時討論的記錄。

（四）

在本書中，除了南師對禪宗的發展、演變講得極為詳盡外，更罕見的是，南師對修持和悟道，表達了特別看法。

舉例來說，南師認為：

1.有關禪宗所謂的大徹大悟，有些修行人的境界，並非大徹大悟，依照唯識的學理，「這不過是第六意識的分別不起，還不是究竟。」（第廿三講）

2.「曹洞宗以〈參同契〉配合《易經》來講修持、工夫與見地，抽出離卦來講，我認為沒有必要，而且把佛法的修持反而搞亂了……五宗宗派都有問題，把佛法搞亂了，也搞亂了修定。」（第廿六講）

3.禪宗本是不立文字的，各宗派越想說明修持的方法，反而越來越遠。所以，「臨濟宗也好，曹洞宗也好，五宗宗派必然會衰落。」（第廿五講）

4.看到達摩以來，禪宗的演變，對於圓明清淨自性的佛法，禪宗所用單刀直入的法門，已被破壞了。南師認為「現代要真修行，連禪宗這些都沒有用，還是要靠《楞伽經》《楞嚴經》《解深密經》《勝鬘夫人經》《華嚴經》《中論》，再配合修禪定的十六

特勝，甚至六妙門，走佛法復古的路線。」——（第廿四講）

禪宗祖師們的努力和成就，使禪的精華融入並豐富了我們的文化，燦爛了我們的歷史，現在祖庭修復了，但是修法之路，南師認為必須要走復古修持的方法，才會成功。

（五）

經過劇變的社會，精神上求解脫者甚眾，學佛打禪七之類的活動，風起雲湧，芸芸大師們，各領風騷，歎為觀止。但南師暮鼓晨鐘的警語，諄諄告誡的言辭，對真心修行的人，實金玉之珍貴，肺腑之良言。

本書的出版，首先要感謝恆南書院的王濤學友，因為書中的錄音記錄，除小部分為張振熔所作外，其餘大部及文字整理，包括書名和小標題等，皆為其獨自擔綱完成，十分辛勞。宏忍師則校對全文，重聽不清晰的部分錄音。另文中有關《易經》部分，彭敬特別核對《易經雜說》，加以修正。

饗。

現值南師百年誕辰之祭，竭力完成本書出版，公諸於世，與讀者共

劉雨虹　記

二〇一七年丁酉　冬月

二〇一八年一月一日

二十六、二字真言

道家有真言之說，那天有人說他也有真言，是最近自己發明的。此人不信任何宗教，脾氣也不太好。有一天，他正在為一件事生氣，要發脾氣時，看到旁邊有人寫的兩個字「放下」。不知為什麼，他說自己忽然放下了，好像洩氣的皮球一樣沒氣了，一點也不生氣了。

後來他說，凡遇到煩惱，遇到不如意時，就先放下不管，自覺順暢痛快，且屢試不爽。所以他自認就憑這兩個字，他是有修養的人了，就自稱是自己發明的二字真言。

說到這兩個字，也真有點奇怪，學佛學道的人常說要放下，可是就是放不下。現在聽到有人莫名其妙的看見這兩個字就能放下，也算很特殊之人了。

關於這兩個字的事，還沒有說完，那人說，他的朋友夫婦結婚二十多年了，女兒已上大學，想不到他們忽然要離婚了。此人聽說後，就跑去勸他們夫婦二人，不妨先把問題放下不談，過些天再說。這二人冷靜下來過了幾天，氣也消了，又言歸於好，不再離婚了。

聽到這個離婚又不離婚的故事，都說，這二字真言真夠威猛有力啊。

二〇一八年一月十五日

二十七、墨寶的事

說起墨寶，無人不知，那是中國人用毛筆寫的書法，詩詞文章之類。南師懷瑾先生自幼循古學習，練得一手好字，而且慈悲為懷，一向有求必應，所以墨寶流傳於外的不少。

現在為紀念南師百年誕辰，收集其墨寶，編輯成冊，名為「雲山萬里」。

收集墨寶的工作，是由牟煉擔任的，在過程中，也發現了不少偽造品，說起來十分有趣。在這個世界上，常有自認會模仿又會寫幾手毛筆字的聰明人，所以偽造南師墨寶之事，自然也就不意外了。

其實，識者一眼就看穿了，如果只在一筆一劃一鈎一捺處研究其相似度，不免令人失笑。

認真說來，每篇墨寶，其重點離不開「行氣」（行字唸航音），也就是行與行之間，字與字之間的間隔，加上字體的配合，才能彰顯出整篇的精氣神。

根據許多書法家的說法，練字之前先要練站樁，因為寫字，尤其寫大字，是與自己全身的力道有關，不單只是手握筆而已。否則懸腕懸肘，力從何來？

許多名人專家的字，精神奮發，閱之令人神清氣爽。那不是個別字的聚合造成的，而是與行氣密不可分的，是一體的。

南師的字，因其有武功基礎，加之禪宗的怡然，形成一種特有的瀟洒韻味，那可不是任何普通人所能模仿得了的。

好看的書法墨寶，對人精神影響奇特。多年前友人贈我一本書法所寫印刷的《地藏經》，看到那些字，心生歡喜，就每日唸起來了。唸了十幾年，經紙破爛不堪，只得作罷。但另用其他經本時，心情就不一樣，不久只好改唸孫公所寫的《金剛經》了，封面是南師題字。

有一次，收到一本弘一大師所寫的經，對弘一大師自然十分敬仰，但他的兒童字體，加上寫錯再改，令人心緒有些紊亂，只好將之置於紀念品之列了。此非對師或對法有不敬之心，實因自己程度太差了。

再說仿造他人書法墨寶的人，功力一定要能超越其人才能成功。昔日的元老級人物于右任老先生，年紀大時，求字的名人仍絡繹不絕，不得已只好找人代筆。為他代筆的那位委員，書法的功力有過之而無不及，代筆墨寶仍為于老親自簽名，用印。

奉勸偽造南師書法的才子們，快快努力，迨功力超過南師時再說吧。

二〇一八年二月一日

二十八、南老師的筆名

有一位賴君在閱讀二〇一五年新版本的《新舊教育的變與惑》時，產生了疑問，因為在出版說明中（劉雨虹寫）說這本書是南師親自撰寫的。但是一九七七年老古版本的《新舊的一代》，古國治在前言中說是南師講述。而在一九八四年三版獻言中，陳世志更說，這本書是南師的講述，在一九七六年間陸續在《人文世界》雜誌連載過。

現在我鄭重聲明，這本書中的各篇的確是南師親自撰寫的，從一九七二年起陸續刊登在《人文世界》月刊。不過是用南懷瑾講述，王道平記錄的。

為什麼不直接用本名呢？這其中有個緣故。

在創辦《人文世界》雜誌時，南師每期要寫至少四篇文章，除了一篇用本名外，其餘幾篇皆用筆名，所以南師的筆名很多。除南師外，基本撰稿人員都有不少筆名，現公諸如下：

南懷瑾：淨名庵主、高公孫、趙一鈺、席之珍，王道平等等。
朱文光：文剛、文明、文侯、文籟、文武、文佰等等。
劉雨虹：劉豫洪，長虹、長空、童子鈞、冷子軒、一粲等。
孫毓芹：老函、漁洋散人。

在《人文世界》創刊時，古國治是輔仁大學哲學系學生，而當時南師則是輔仁大學哲學系教授。南師極可能在課堂上也講過青少年問題，但並非南師所寫的全部各篇。

至於陳世志，在《人文世界》創刊時，他還是高中學生，他是一九八四年在南師主持下任老古編輯，直到一九八九年才離開老古，所以他的瞭解是來自雜誌。

自從二〇一二年南師辭世後，南懷瑾文化公司隨後成立，並集中精力訂正以往老古的版本，重新出版使回歸真實。於是又產生了一個問題。

南師在世時為何不修訂？回答這個問題，不免回溯既往。一九七〇年，南師要辦《人文世界》雜誌。那次南師對我說：「我要辦一個雜誌，你來幫忙好不好？」我當時滿口答應，並邀請瓊瑤及皇冠雜誌老闆平鑫濤與南師聚餐，幫忙南師雜誌的發行，此事記得在《禪門內外》說到過。

當時南師辦雜誌，都是一群跟隨他的年輕義務學生之類，那時既無固定經費，工作人員又非專業，所以錯誤連連，有一次一篇文章，錯字竟有五十個之多。

老師說，錯了沒關係，將來再修訂，如果等無錯才印，那就永遠出版不了啦。所以南師一生在忙，現在休息了，但我始終忘不了南師所說的那句，「將來再修訂」，也始終忘不了我答應幫忙的承諾，所以南懷瑾文化出版的書都是修訂過的。

二〇一八年二月十五日

二十九、元宵燈謎

一年一度的元宵節又到了，每逢元宵節，總會想到許多詩文。中國文化太美妙，老祖先們，為人們安排得太完美了，剛忙過除舊迎新的春節喜慶，稍作休息喘氣，又安排了一個正月十五元宵佳節。一方面意味了年節的尾聲，一方面趁機轉入人文文化的培養，所以就有了元宵猜燈謎的活動。

現在人過元宵，除了吃元宵玩手機，其他如何，我已落伍，就不得而知了。但我每逢元宵節，就會想起古時候我過的元宵節。

我所謂的古時候，是指我上小學的時候，說起來，已是八十多年前的往事了。

記得小時候，元宵節時，多半寒假已過，又開始上學了。元宵那日並非假日，下課後回家吃晚飯，又急急忙忙趕去學校，因為要去猜燈謎。

天黑點燈時，紅燈籠才掛出來，紅燈籠很多，上面貼了一條條的謎語。

同學們大家擠來擠去，猜來猜去，如果猜中了，就揭下那一條謎語，拿到教務室老師那裡去領獎品。

所謂獎品，也不過是一些鉛筆橡皮之類的，但是小學生們的目的，並非全為那些鉛筆橡皮，而是猜中的樂趣。所以吃過晚飯又要趕去學校，家中長輩就奇怪，幹嘛又去學校？

明天又是元宵節了，而明天，正是我們一本新書《百年南師》印好出版之日，那是一本紀念南師百年誕辰的書。

現在就將十本新書拿出作為贈品，請大家猜一猜我小學時所知道的謎語。前五名猜中的，各贈一本，可能很多人都已經知道謎底了，已知道的，就把機會讓給他人吧。謎語兩個如下：

一、粉蝶兒分飛去了
　　怨情人心已成灰
　　上半年杳無音信

這陽關易去難回　打一字（繁體字）

二、關公走麥城　打一字（簡繁體相同）

注意：新書印好一週後才運到，收到贈書約在三月十日左右。

二〇一八年三月一日

三十、南師百年了

再過兩天，就是南師懷瑾先生百年誕辰紀念之日了。有關各單位聯合舉辦紀念活動，就在上海浦東的恆南書院，聽說規模不小，參加的文化政商等各界，有將近四百人之多，還有墨寶展，南師書籍系統展等等。

為了這個大日子，我編了《百年南師》這本書——上次猜謎得獎的人大概已看過了。這本書中共有七篇，其中兩篇是美國友人的文章，比較特別。

我所說的特別，是觀點方面的，譬如說，我們中華民族的子孫們，看待南師，或認為是國學大師，或認為是禪宗、佛學等大師……，當然也不錯啦！但西方文化背景的人，對老師的了解卻是不一樣的，他們的角度不同，所以看法超越，大概眼睛不一樣吧！（一笑）

這兩個人一個是曾任美國駐成都總領事，另一個是季辛吉的副手名叫雷默的（南師又給他起名叫雷蒙）。這次雷蒙還要千里迢迢從華盛頓飛來參加紀念活動。

這些事不必我多說，現在要說的是，我忽然想到有關南師與他的門人們的趣事。

南師辭世不久，大家都仍在懷念悲傷之時，有一個十幾歲的年輕小伙子，忽然發出驚人之語，他說：你們南老師這一下可輕鬆了，因為他終於離開了你們這些笨蛋，可以休息了。你們南老師一輩子在度眾生，自己累得半死，也沒見度了幾個眾生，眼皮子底下的，倒是人人為大師，個個是接棒人。你們南老師幸虧死了，看不見這些怪現象……

如果老師仍在，聽到這種說法，一定也會一笑置之，或者，心裡會想：「懂我者，這個小子也……」

總之，年輕人口無遮攔，說來說去，茶餘飯後笑談而已。忽而想起，說出來供大家一粲。

二〇一八年三月十五日

三十一、說書法

說到書法這件事，學問牽涉可就大了。中華文化傳統中，詩書畫三位一體，也是大學問。三月十八日的南師百年誕辰紀念活動之後，第二天，書法大家杜忠誥老師來到了廟港。他說每次來去匆匆，這次一定要多停留兩天，在附近遊訪一番才回台灣。

事先得知他來廟港的事，本擬安排杜老師給那些對書法有興趣的小學生們，指導一下寫字初步應注

意的事項。後因不是週末，時間不好安排，加之，那不是違反遊訪的原意嗎？故而作罷。

妙的是，同時來到廟港的同學友好們也有不少，大家看到杜老師來了，愛寫書法的——中國人哪個不愛啊！大家當然談論不休。杜老師有問必答，並且揮毫示範外加講解，鬧了一天半的時間，人人有獎，個個得一墨寶，好不快煞人也！

起因本是東方出版社印製了南師墨寶一冊，取名「雲山萬里」之事，其中有一幅南師寫給我的。我認為其中有一字是敗筆，當時因我說敗筆，南師就送給了我，此是老話。但杜老師駕臨，我先向他提出，照寫一幅南師給我的字，將來裱好就掛在南師有敗筆的那幅旁邊。

杜老師大笑，並說不敢不敢，但寫字卻因而開始。

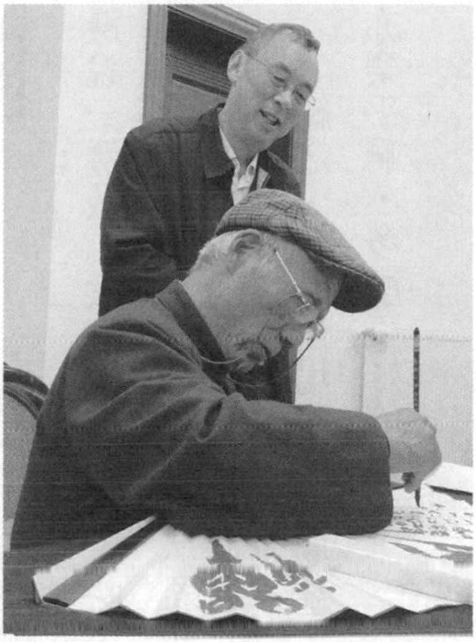

想不到，寫字一事的學問那麼深廣，杜老師看了我們現存的紙，不合用，江村市隱呂老闆立刻命人六百里加急，從上海五千元買回一卷紙，一百張。那一張紙零售是八十元人民幣呢！同時又買了上等的徽墨（也很貴），而另一要物就是筆了。幸虧杜老隨身帶來，其中還有兩支新筆，台灣製，後來送給了朱校長。

說到毛筆，演變頗多，早年的毛筆，或羊毫或狼毫。記得幾十年前我學畫時，用的是日本製狼毫名叫「山馬」的毛筆，聽說現在台灣不少書法家，

以用「山馬」為多。

杜老師帶來的是一種「兼毫」的筆，是羊毫中加入一些狼毫之類的毛，力道大約介於羊毫和狼毫之間。

看到這些紙筆墨，那麼貴，寫字真不是鬧著玩的。豈不知，筆墨伺候好後，裁紙、折疊紙，也是不簡單的事，連燈光照射也有講究。杜老師一邊說一邊做，大家聽得出神入味，再看杜老師一切安排妥當後，執筆龍飛鳳舞，全場鴉雀無聲，好像人人都進入了定境……

南師曾說過，這也是一種定境，叫作「凡夫定」。

總之，這是一場書法的盛筵，愉悅而身心舒暢，真是有朋自遠方來，不亦樂乎啊，多麼美好的一天！

二〇一八年四月一日

三十二、你買的是盜印版嗎

有一個人說，他看到網上預告南老師的新書，就訂購了一本，因為要先睹為快，況且這是台灣南懷瑾文化出版的繁體字版。豈知收到書後才發現，自己所買的是盜印版。

盜印猖狂，又快又便宜，但紙張劣等，裝訂簡陋，厚一點的書，中間很快變成散頁，十分麻煩，令人煩惱。雖然便宜了十元八元，實在划不來。

愛看南師著作的讀者們，大概不會為了書價便宜十元八元，情願買盜版的吧！所以現在告訴大家如何買到正版的南懷瑾文化出版的繁體字書，不但方便，有時比盜印版的還快。那就是淘寶網的「無界懷師書屋」。那是賣南懷瑾文化出版的繁體字書的，他們更是經過合法的渠道進口到大陸的。至於為什麼比盜印版還快？因為在付印之前，已先將書稿送大陸海關審查，新書印好時，因已通過審查，所以即刻可運至大陸，所以常常比盜印還快（如果用空運的話）。

關於盜印之事，向來是老問題，印刷廠是為了賺錢，不管違法不違法；有一類人明知是盜版，既已印好，樂得便宜買；還有一類人的心理是，既然便宜，可以多買幾本，送人也有功德；也有些人，什麼都不考慮，看到就買了！總之各色人等，對盜印的態度不一。但他們都忘了，你雖沒有盜印，但你卻是盜印的支持者，在法律上應該是從犯！就算目前法律上管不到你，但在道德層面仍是支持盜印的不妥行為，照因果律上來說，也是有果報的。怪不得劉備提醒他兒子說「莫以善小而不為，莫以惡小而為之」，看似小事，仍逃不脫因果，只是我們不注意罷了。

南老師常說，什麼是修行？就是從注意起心動念開始。

所以，連無記的行為也一樣有因果。南老師也說過，因果之說，是中華傳統文化就有的，當然佛法也一樣有。古人說：「積善之家必有餘慶，積不善之家必有餘殃」，這句話是由《易經》演繹出來的……

越扯越遠了，就此停筆吧。

二〇一八年四月十五日

三十三、漫談同門和養生

看到上次博文後的評論，才知道有人曾到太湖大學堂來訪，心中感慨萬千，可見南師辭世後，同門中的狀況，大家多不清楚。

事實上，在南師走後，因涉及南師遺產之爭，故而多數同門學友，或被動或主動，都離開了太湖大學堂這個地方。

但多數人仍留在廟港，除了我們這個編輯團隊外，老太廟附近的「懷軒」，是「南懷瑾學術研究會」，及「兩岸交流基地」所在地。在附近又新建了一個比大學堂禪堂大很多的「太湖大講堂」，舉辦活動可容兩三百人之眾。另外還有「江村市隱」，是呂氏綠谷集團基地；還有一個「時習堂」，是登大師新設計的文化活動場所；另外還有一個群學書院，是古老師主持學習的基地（在老太廟文化廣場）。除此之外，還有在上海的恆南書院，在李慈雄院長帶領下，繼續傳播並學習南師的教化。

南師的繼承人，於南師辭世後，另先成立「南懷瑾文化公司」，繼續出版南師的新舊著述，並向法院提出訴訟。有關合法繼承，溫州、浙江的法院作了認定，而上海中院也已於二〇一七年三月卅一日判決著作權歸南氏繼承人（正待上海高院最後裁定）。至於有關南師其他遺產，也正在各地法院進行訴訟中。

我們這群人繼續工作，把南師的新舊著述交由台灣南懷瑾文化出版，已有四十餘冊了。如《話說中庸》《大圓滿禪定休息簡說》《洞山指月》等等，至於簡體字版，則授權東方出版。

說到簡體字版新書，因為要經過政府有關部門的審查才可以出版，所以比繁體字版遲很多。再說盜印版，既是「盜」印版，已說明是違法，守法的人自然不支持了。

說了一堆閒話，忽然聽說有一個醫師說：「有些三十多歲的人在講養生之道，他們年紀輕輕，哪有資格講養生啊！」

其實，年輕人講養生是講學理，也無可無不可，但宏忍師聽到這句話，就來對我說：「劉老師啊，你才有資格講養生啊！」
想不到宏忍師這句話還真打動了我，因為宏忍師是中醫師，我們常會談到養生問題。反正我已活到這把年紀了，總有些養生經驗和心得吧！
更想不到的是，我忽然對宏忍師說：「哪天我有心情時，就公開與大家聊聊這個問題吧！」
宏忍師抓到這個機會，立刻說：「好啊！就在五一那天吧？在大講堂，一百人如何？」
嚇得我急忙說：「要等我有心情才行啊……」
說真的，人活著想健康少病，就是養生問題了，其實連修行都與養生有關，說白了，我認為養生差不多就是修行。譬如說，分明已吃飽了，因為「貪」嘴多吃而致病，修行不是戒貪嗎？……說太多了，就此打住，我還是去做復健運動吧。

二〇一八年五月一日

三十四、養生的故事

因為說到養生，忽然想起廿年前自己的「樁蠢事」。那次因感覺膝腿痠脹疼痛，就記起了禪宗叢林守則的兩句話：

是非以不辯為解脫
疾病以減食為湯藥

於是立刻實行減食，心中認為體重減輕膝腿部壓力減少，就會痊癒了。所以每天只吃一點點，像鳥食一樣。

豈知病情不但未好轉，身體反而有虛脫之感。女兒建議去看醫生，了解一下是否有其他的毛病。

經過檢查驗血，那醫生大吃一驚，他說：「你隨時都會昏厥，紅血球已降低到危及生命的地步了。快去看營養師，先要增加營養保命，比治什麼病都重要。嚇得我除聽從營養師的安排外，另外增加了安素（Ensure），那是為病弱的人設計的，營養均衡，易吸收，至今我仍常服用。

有一次我建議南師飲用，他與客人在餐桌上講話，吃不了食物，回屋後胡亂吃個花卷，一點營養沒有。但老師不喜歡安素的口味，喝了一半就交給宏忍師了。

言歸正傳，對於這個問題，南師曾說一千多年前，叢林下數百人，生活、飲食、作息都很單純，一般的病多為飲食太多，消化不良或受風寒，減食多休息就好了。一千多年後的今天，又不是叢林中生活，一切太複雜了，要有智慧的判斷才行。

再說「是非以不辯為解脫」這句叢林守則的話，百人千人生活在一起的叢林，都是修道人，生活簡單，人與人之間糾紛少，頂多是一句閒言閒語，不理就算了。可是生活在現在的社會，人與人的關係那麼複雜，豈止是非多，造謠更多。南師曾有一個學生，學佛很熱心，很投入，宿舍中有人丟了東西，說是他順手牽羊的。這個是非以不辯為解脫的人，竟然不理不睬，自以為解脫了。後來被教官叫去處罰，他才為自己辯解。南老師聽了他的事，哈哈大笑，旁邊有個人說「他不辯解脫不了啊！」

南老師從前在台灣時常說，他最不喜歡去大學的佛學社講演了。因為看到他們那個閉眉閉眼的樣子，見人雙手合十，口唸阿彌陀佛，那個宗教信徒的刻板樣子真令人不生歡喜，學校不是寺院啊，佛法是活潑潑的，是生活的智慧啊！唉！怎麼辦？

因此之故，我猜想，老師晚年講課偏重與生命科學的結合，無論學佛學道學作人都與生命有關，當然也與養生有關。

二〇一八年五月十五日

三十五、你的飲食清淡嗎

前幾天看到一則新聞，說到老人飲食不可以太清淡，應該也吃些魚呀，肉呀，蛋呀，一些容易消化的蛋白質，才能營養均衡，以免造成骨質疏鬆，否則跌跤就容易骨折，那就麻煩大啦。

這話當然有理，由於一般人認為，老人活動少，消化力也比較弱，如果飲食太油，太厚重，恐怕難以消化，反而可能製造出問題，所以老人多半飲食清淡。

可是老人也需要營養啊！所以有識之士才提出這個老人飲食不可太清淡的說法。不過這個說法不免使人想到另外的問題，就是什麼人的飲食可以清淡呢？難道是年輕人或中年人嗎？

先說什麼是飲食清淡吧，應該是少油少肉少魚蝦，也就是少葷多素，換言之，蛋白質類食物少，以澱粉素菜為主要。

如果飲食的營養成分不均衡，蛋白質、澱粉、蔬菜水果的比率不合理，也就是偏差，其所造成的健康問題很多，並不只是骨質疏鬆問題。

常常看到一些過午不食的素食者，中午吃的量嚇死人，植物蛋白（果仁類）多半不足，這類人很胖，後來很多得了糖尿病……

我認識的一個素食的人，才五十多歲，偶然被人意外猛撞了一下，手臂就骨折了，醫生警告他說：「檢驗顯示，你的骨骼疏鬆已像九十歲老人的骨質了。」

不過，造成骨質疏鬆的因素很多，飲食只是其中的一項，如運動、注重少食對骨質有損的飲料，如咖啡等。中國文人有句：「無肉令人瘦，無竹令人俗」，所以文人希望自己不俗，就要住在多竹子的地方，當然就多吃竹筍。但聽有些醫界人士說，竹筍是破壞骨骼鈣質較嚴重的。

幸虧我在四十歲時，因一次打網球過久，太累，而有微量尿蛋白出現，使我開始注意飲食、運動，以及各種飲料、維他命等，都要均衡，不可偏差，並且開始低鹽飲食至今。所以，九十六歲（前年）那年，在院中因地滑摔了一跤，並未造成嚴重骨折，只是錯位而已。醫生看了檢驗報告說：「你的骨質還不錯」，大概是說，不像一般九十多歲人的骨質那樣疏鬆吧！

其實，我早養成了一個看說明書的習慣，對於任何藥物及食品，乃至維他命丸等，我都詳細看說明，發現生產維他命的廠家，比如名稱上都是綜合B，但家家成分不同，有些加入了「C」，所以不看清成分，就會在量上有重覆，而不自知。

最後說個笑話，有一天朋友從冰箱中拿出兩瓶日本製的調味醬，託人帶給我。我首先看有效期，發現一瓶已過期一年了。我就打電話給她說：「你送我的醬已過期一年了，還能不能吃呀？」她說：「哎喲！那就丟了吧！」

所以，送東西給人時，一定先弄清楚有效期啊！

另有一位公務界的熟人，在送我們禮物中，經常有過期一年的，但我們就不好意思對他明說了。

二〇一八年六月十五日

三十六、投奔敵營的人和事

每年到了七月，總是不由自主的想到七七事變，想到八年抗日戰爭的許多不可思議的事情。

八十年了，經過人世間的興衰變遷，人物的起伏跌宕，但是，有些事仍是不可思議，真象難明，因為人心難測啊。

抗戰開始，中國節節敗退，到了中期，華北全部以及東南各省，大部江山已淪陷，被日軍佔領了。於是，失敗論也暗中在瀰漫。隨即先有殷汝耕的投敵，在淪陷的華北擔任了名為冀察晉的領導，又有國民政府的汪精衛，潛赴淪陷區的南京，與日本合作，成立偽政府。

對於這些政府人員投奔敵營的事，坊間傳言很多，其中最奇特的說法，是政府暗中的安排，以便抗戰勝利後，接收復員較為順利方便。

如果真是政府的計劃，那麼這些擔任這份差使的人，必先了解，如抗戰勝利，他們是要以漢奸叛國罪受制裁的。

所以，他們的心中究竟如何盤算？是賭一把嗎？是認為中國戰敗後，會把淪陷區全部割讓給日本嗎？或是認為戰爭可能拖上十年二十年嗎？

他們的心中究竟怎麼想，至今仍無法判斷。但是人算不如天算，狂妄貪心的日本軍閥，在一九四一年把美國在珍珠港的多條艦艇炸沉了。美國立刻參加了抗日戰爭的行列，終於在一九四五年八月，日本戰敗投降了。其實，在日本侵華戰爭中，美國原本是供應軍火給日本的。

日本投降後，殷汝耕以叛國罪被執行死刑，而汪精衛已於前一年病逝，免除了漢奸罪處死的審判。

另有跟隨汪精衛偽組織工作的兩個重要人物，一是周佛海，一是胡蘭成。周佛海原為國民政府的官員，他在汪偽政權效力的後期，被特務組織吸收，轉而效忠國民政府，故由蔣介石把死刑改為無期，後來病死獄中。

再說這位胡蘭成先生吧，大概因非公務人員，故而當時未被捕判刑。他於一九五〇年先逃至香港，再轉赴日本，大約一九七〇年左右，他從日本到了台灣。最初未受各方注意，而能在文化學院（現在的文化大學）授課，並得到文化界朱天心父女的友誼和支持。

胡蘭成散文寫得好，外加與張愛玲的情緣，所以很受讀者注目，他是多產作家，信手拈來都是文章，遣辭用字別有意境，文筆又瀟洒自在。據說有人愛其文，認為他具有國師之才智，輾轉設法推薦給蔣經國，但未被蔣接納。後來逐漸有人揭發他曾為漢奸的過去，並且批評他的人越來越多，不得已，他只好離台赴日，於一九八一年病逝日本。

胡雖讀聖賢書，但曾著述倡議與日本講和，被批評為文人無行，好像忘記了自己是中國人。據說，在他決定投靠汪精衛時，張愛玲曾再三勸阻過他。

至於推薦他給蔣經國的人，對雙方人格品級的了解，令人失笑。蔣經國會用一個有漢奸背景的人嗎？有人猜測，後來揭發胡的漢奸作為，可能就是有關方面的暗示或操作。中國浴血抗戰八年，政府能任用一個當過漢奸的人嗎？

有人說浙江出才子，個個都閃閃發光，但有人是真金，有人是鍍金。

孟子說過：「其為人也，小有才，未聞君子之大道也。」南老師在《孟子與盡心篇》中說，南唐李後主，及北宋徽宗都是這類人物，小有才，未聞君子之大道。

但是，他們至少未投奔敵營啊，他們是被俘虜的。

二〇一八年七月一日

三十七、真老與假老

年紀大了，總有些現象，如關節痛，視力不佳，記憶不好之類的狀況，一般認為這是人老的自然現象，其實不一定。

七月八日台灣《聯合報》有一篇文章題目是「老還可以分真的與假的」。作者林靜芸醫師是聯合整形外科診所院長。

對於林醫師的文章，我一向都是十分注意的，她是台大醫學院外科畢業的高材生，聽說是第一名畢業的。本來順理成章，應該進入台大醫院外科任職，卻因台大醫院外科一向不接受女性醫師的陋習，使她未能進入台大醫院外科工作。幸虧林氏家族，為醫界一門精英，林父林秋江是留學日本的外科，林弟為腸痔科，另一弟為牙科，林靜芸的夫婿也是台大醫學院心臟外科，聽說曾任榮民總醫院的院長，現任亞東紀念醫院院長。

林靜芸所開設的聯合整形外科診所，醫術醫德早獲多方認可，林醫師行醫之餘，亦常撰文發表，有助公眾了解醫事，頗有教育意義。這次的一篇文章，有關老人是病抑是老，說得清楚，對照顧老人的子女們，以及老人自己，都有提示作用。

他舉兩個醫例說明，一個七十多歲老太太，有些像是失智，忘記是否吃過飯了，出門迷路回不了家，一天打無數電話問兒子存摺在何處等等……結果因流感發高燒，送進醫院檢查，意外發現甲狀腺素過低，服藥退燒後，人也清醒了，那些失智的現象也沒有了，原來她不是失智。

另一個病例是一位八十多歲退休工程師，眼皮下垂，視力不清，走路慢，眼窩凹陷。眼科檢查，視力只有0.1，後經林醫師的局部麻醉，作了提眼肌縮短術，眼睛已可完全睜開，視力進步到0.6，行動也方便了，步履也穩了，每天出門運動。

這兩個病例說明，他們並不是真的老，真的老是器官組織老化，而有些被認為是老的症狀，可能只是病，是可以醫治的。所以老人的情況，究竟是病是老，一定要謹慎處理。

說到這裡，又不免令人想到既然人老是器官組織老化，但是否可能有人老化得快，有人老化得慢呢？就像一部汽車，如果經常保養，或不注意保養，使用壽命應該不一樣吧？人的器官應該如何保養，這似乎也是值得深思研究的問題。

另外還有一個問題，如果一個一百歲的老人中風了，應該怎麼辦？中風是病啊！如果插管治療，有多少治癒的可能性？要老人在告別世界前，再遭受身心的折磨嗎？這是否也是為人子女應該考慮的問題啊。

二〇一八年七月十五日

三十八、呼吸與法門

呼吸是呼吸，法門是法門，我們隨時隨地都在呼吸，也不覺得自己在呼吸。法門是方法，我們平時也沒有用什麼方法去呼吸，如果用一個方法去呼吸，大概就是所謂的呼吸法門了。

有人問：為什麼要用一個法門去折騰我們自然自在的呼吸呢？有人回答說：因為呼吸是生命存在的三大要件陽光、空氣、水之一，與體內的氣有關；另有人說：用方法呼吸，會暢通體內的氣脈，促進健康；也有人說：呼吸用方法是修行，可以如何如何如何……

不管怎麼說，都算有道理吧。但是有一個人說得更有意思，他說：不但人要呼吸，房屋也要呼吸啊！蓋房子，開窗開門，那不是房屋要呼吸嗎？房子如果不能呼吸，還能住人嗎？只有墳墓不需要呼吸，因為不是為活人居住的。所以只要是人們生活的場所，呼吸一事就是重要的事了。

聽起來，像是說，在人身的呼吸，在房屋，在環境就是氣，是天地之間的氣。

古人早就注意到環境的氣息來往，對人所產生的影響。為了表示重視，是學問之道，就定了一個學術名字，稱為「堪輿之學」，日久天長被一般人簡稱為風水，流傳甚為普遍。

到了民國初年，西學東漸，要引進西方的民主與科學，開始反對傳統文化，於是堪輿之學也被評為封建迷信，與孔家店一同被打倒丟棄了。

不過與人生活息息相關的這套學問，要打倒就打倒得了嗎？其實如果當初不稱為堪輿之學，而稱作呼吸法門，豈不就沒問題了嗎？文化無論如何變，總不會說呼吸是封建迷信吧？更有趣的是，許多表面上說風水是封建迷信的人，私底下反而比一般人更信風水呢！因為他相信呼吸法門，相信氣的存在。

閒話少說，再講因為這個學名文雅的堪輿之學，堪輿大師也就應運而生了。風水師是專家，有些大師收費還頗驚人呢。當然，規矩的風水師，並不是只顧到氣的問題，還有不少其他的學問，如卦位，如方向，如水的流動等等……那是與陽光、水有關的。不過也有人再加上一些故弄玄虛。

其實這些基本因素，都是很簡單，容易了解的，所謂最高深的，也就是最平常的。

在我們的日常生活中，一般人常常不但不了解自己的呼吸，也更不了解自己的呼吸與房屋或所處環境之氣的相互關係，因而受病而不自知。其實不是不了解，而是不注意。

比如說吧，有人隨意坐在氣流的通道，俗稱穿堂風。有人則坐在空氣不流通之處，日久身體自然有不好反應，尤其臥房床位如何與氣配合，窗戶如何開關……這些看來都是瑣碎的小事，其實是很重要的，只要多注意，日久或成習慣，也算是養生之道中的一部分了。

常有人，每月都感冒一次，有人隨時鼻子不通，有人常咳嗽……也許可能是免疫系統不佳，如能多注意氣的流動，也就很不錯了，這是很簡單的事，只是你不注意而已。

能先認識了氣，再進一步，你總知道太陽的起落，如何照射房屋吧？如能再懂一點五行金木水火土，你自己就是一個簡易的風水師了，至少能給自己看風水吧！反正閒著也是閒著，放下你的手機，學些有意思，簡單的風水，能幫忙自己不好嗎？

二〇一八年八月一日

三十九、三分人事七分天

說到陰陽五行，風水命理之事，南師常說：天下事有其事，必有其理，只是我們還不知道其理罷了。

中國人孩子生下來就要算一下命，看五行之八字中缺什麼，起名字時要加以補充。如「陳水扁」，八字水不夠；「張火土」，八字可能缺火土；「陳庚金」，八字缺金或太少；「劉雨虹」，八字沒有水……

中國人認為，五行要俱全，才能一生平安。這話原則不錯，因為和諧很重要，但不是絕對。

比如說吧！如果你的八字以兩項佔絕大部分，或火土或金水……，那是一種格局特點，火土缺水，水來了反而不喜。就像一塊炸牛排，如果灑上一點水，反而破壞全局。

這個命理之事，既然流傳千古而至今不衰，當然必有其理，應該算是天命，可信而不能全信，因為還有三分人力在影響著它的結果。不能認為命中有財，就坐在家中等天上掉餡餅下來。

但是，你努力以赴，也只是三分而已，成功與否，還要看那七分天意才行。

有兩家打官司，被害一方久久未能勝訴，後來對方內部出了紕漏，證明證據是偽造，受害一方才勝訴。這不是受害一方努力而成，而是那七分天命的原因。

多年前十方書院一個學生要我替她算一下，該不該去日本留學。我問她：「你有錢嗎？你想去嗎？手續辦好了嗎？」

她的回答都是肯定的，我就說：「那你就去啊！還算什麼該不該呢？」反正想做的事是正當的，自己又有能力，就去做吧，算什麼命呢！那真是南師常說的，糊塗二字下面加一個蛋，就是一個糊塗蛋了。

所以古人說的「盡人事，聽天命」，真有道理。西方人對努力以赴的事未能成功，說了一句很不錯的話：「美好的仗已經打過」，也就是說已經盡力了，問心無愧了。

人的一生能問心無愧，那是很不簡單的，這句話也含有放下一切不再計較的意思。因為那是七分天意，應該是很深的，與因果有關的事，自己也是絕對掌握不住的。

再說大家都注意的風水問題吧，天地間的大氣是人掌握不住的，而自己只能盡力適應和順其自然。冬天那麼冷，我們無法改變，但能作的三分，就是了解與對治。自己與氣的關係必須清楚，那也是與自身的健康有關的。有許多人注意風水中的方位，當然重要，但為方位而忽略了氣的流動，那是必定失敗的。所以要認識氣，一旦了解了氣的流動，方位可以棄之不顧。

記得曾有一個人，聊到命理時說的一些話，很有意思，他說研究一些陰陽五行，就會悟到無常的道理，人生六十甲子，金木水火土的運，必定有起有落，有人在壞運時，自省自愛，忍辱行善，運雖不好，但反而平安無事。有人好運時不斷惡行，待壞運來時，就加倍的壞了。算命常常不準，就是自己那三分在改變自己的命運。

所以才有「莫以善小而不為，莫以惡小而為之」之說。

二〇一八年八月十五日

四十、也說延禧攻略

這麼紅火的劇，好像全世界的華人都在看，都在說，都在評論，我們豈能缺席！當然也要湊熱鬧說一說感想吧！

據各方對此劇的分析，說服裝了不起，演員了不起，劇組的安排了不起，反正一切都了不起，加上眾人的努力，智慧的經銷手段，的確都對，都有功，都了不起……

但是，如果不是一個好的劇本，這一切了不起還會了不起嗎？因為這一切了不起，只是劇本的附屬品，只有劇本才是一切的靈魂。

扣人心弦的，引人入勝的，是劇中所塑造的人物，以及人與人之間的關係和互動。那些人物，似乎都在我們的周圍，有些還更是我們的親友呢，都是有血有肉的真實人物。

先說那個傅恆吧！一個如此英俊，有背景，有能力，有教養的人，由被她愛變成愛她，她雖歸了別人，但他終生不變對她的愛，升華的愛，正是古德所言「君子愛人以德」。他的人格高尚無私，真是世上少有。

另一個劇中人是瓔珞，一個正直勇敢，不畏艱難的女性。任何困難環境她都有法門突破，她會自保，但不會害別人。

第三個重要人物是皇帝，在于正的筆下，皇帝除了刻板的言行舉止外，更是一個普通的男人，一個有愛恨情仇的一般人。

最妙的是，這三個人的愛、妒、情的複雜關係，作者處理得妙不可言，且看有一幕：

傅恆出征得勝回朝，皇帝大為高興，對他說：「你要什麼封賞啊？」沒想到傅恆卻說：

「臣想要的，皇上都會給嗎？」

這一句話把皇上吓住了，如果傅恆向我要瓔珞怎麼辦？於是二話不說，立刻宣佈對傅恆的賞賜，叫他沒有開口要瓔珞的機會。

再看傅恆臨終託海蘭察帶給瓔珞的一句話：「這輩子我守著妳已經守夠

了，下輩子可不可以換妳守著我？」一個人對所愛的人，多情到人生最後一分鐘，難怪觀眾都淚崩了。

還有那個皇帝，對後宮佳麗的百依百順，也覺得沒味道，來了一個魏瓔珞，把皇帝當個普通男人，反而激起了人性的火花，還斤斤計較愛自己的女人是否心中真有自己。

于正處處涉及心理層面的描繪，真夠細緻入微的，好像學過心理學，有時令人莞爾，有時令人淚崩。

此劇的演員，個個都發揮了劇本的真實內涵，表演又自然又到位，很有加分作用。

劇中唯一的小瑕疵，就是提到中醫藥的事，有毒無毒的說法，值得商榷。

于正才四十歲呀！很年輕啊！有此成績才真是了不起。

二〇一八年九月一日

四十一、看電視劇的聯想

因為說到「延禧」這個劇，就說到了于正，幾年前，于正被判賠五百萬，因抄襲瓊瑤的作品。後來瓊瑤把這五百萬捐作了公益。

一九四〇年，我到成都初次見到瓊瑤時，她才兩歲。瓊瑤家學深厚，她在小學六年級時，已有文章登在晚報副刊上了。二十六歲以《窗外》一書成名後，批評她的人也很多，且繼續幾年不斷。後來南老師說了幾句話很有意思，南師說：「你們都罵瓊瑤，恐怕你們想成為瓊瑤還辦不到呢。」

《窗外》要拍成電影時，瓊瑤在路上看到一個女學生，決定請她作女主角，她就是林青霞。高中女生有什麼演技啊！但總比一個四十多歲的演員像劇中主角吧！瓊瑤慧眼獨具，她對角色，甚至導演都有自己的堅持，她選的角色都成名了。

所以二十多歲的人演魏瓔珞，就算不會演，也會使人覺得她就是魏瓔路，因為觀眾的立場與編導是不同的。

好萊塢有個名演員，名叫海倫海絲，一直演到七十歲。但她永遠只演適合她年齡的角色。

編劇導演們，有時花錢費盡心力拍出一部戲卻不賣座，我覺得因為他們忽略了觀眾的立場。當然我這是外行的個人淺見。

南師常引用古人說的話，「自古文章一大抄」，都是抄來抄去。南師愛看武俠小說，他曾說，「現代的武俠小說，都脫不了《江湖奇俠傳》的關係」，也就是說，多少都抄襲了《江湖奇俠傳》，或文字或內容，可能抄得比較高明罷了。

還有一個人說得更妙，他說：「如果告于正抄襲的是個無名小卒的作家，于正是否會被判抄襲還不一定呢。」這句話說得太好玩了吧。

南師也常說，人非聖賢，我們都會犯錯，都曾犯錯，但犯過錯的人有好表現時，照樣應該讚美鼓勵啊。

宏忍師和我，常常在晚飯後看電視劇，因為白天工作太繁瑣，尤其宏忍師是中醫，還要給人看病，所以晚飯後就看輕鬆的劇，算是調劑吧。

從今年春天起，有很多人想拍南師的傳記，我是堅決反對的，因為南師一生莫測高深，太複雜了。而且誰能演南師啊！大家總記得周潤發演孔子吧！什麼下場啊？不過我倒覺得可以拍一部「少年南懷瑾」，把南師十七八歲時在杭州國術館學武術的兩年，拍成電影，也順便介紹了中國各式各樣的功夫。聽南師說，在國術館學武功時，十八般武藝他都認真學過，真不簡單啊。

二〇一八年九月十五日

四十二、南師讀書知多少

我們小時候就知道：「書中自有顏如玉，書中自有黃金屋」，反正是教導孩子們，讀書才有前途，要讀書，多讀書，自有美嬌娘，自會發財。

現在當然大為不同了，愛讀書的人越來越少，聰明人都去玩手機和電腦了，哪還有時間看書，大概只有笨人才看書。

可是愛讀書也是很多人的嗜好和習慣，尤其美國有人研究認為，看直排文字（如繁體直排）對人的健康和腦力很有助益，大概與看書時頭部和眼部的運轉有關吧。

我小的時候，出版界不像現在這麼發達，但我屬於愛看書的那一類笨人，所以什麼書都看，除了古典名著外，連武俠小說也看，如《蜀山劍俠傳》《七俠五義》《小五義》《江湖奇俠傳》等等。後來看到近代的許多新武俠小說，其內容似乎都與《江湖奇俠傳》脫不了關係（這句話是南師說的）。

小學畢業的，以為也是小學畢業的南老師，也像他們一樣，沒讀過什麼書。現在說出來南老師讀過的書，吓一下他們吧。南師童齡已開始背誦中醫藥草了，

十二歲三讀《綱鑑易知錄》。

十三歲至十七歲，自讀諸子百家，儒道《易經》等。

十八歲讀《四庫全書》《指月錄》以及道家祕本等。

廿六歲閉關三年，閱全部《大藏經》以及《永樂大典》及《四部備要》等。

三十一歲再研讀《四庫全書》。

除此之外，南師所看過的中醫藥書籍，以及筆記小說，佛學經典，道家陰陽命理等不計其數，還有詩詞歌賦之類，無所不包。

關於讀書，南師是深讀，故能融會貫通各家學術，外加對禪門心法所得，對密宗各派的悟解與修習，試問，今日芸芸學者，以及最高學府文科出身的博士中，有如此讀書經歷的人，大概不多吧。當然今日的博士是學有所專的，有人認為應稱為專士比較合理。

南師對詩詞修養更超過一般，且更能隨機對答唱和。曾在一九六九年赴日文化交流時，當場答和日本唐詩大家，使台灣訪問團的教授們，未遭無人會詩之窘境。

所以，南師本身差不多就是一個書庫，一個文史哲的圖書館，難怪各方前來請益者絡繹於途。南師又通中醫之學，故而有問必答，是一個解惑者，但又十分謙虛……

南師常引用古說：「未有神仙不讀書」，連神仙都還要讀書啊。

日昨適逢南師辭世六年之忌日，但見南師旗幟已插遍各地，真偽莫辨，喜憂難言。憶及南師一生孜孜不倦，其誠敬謙讓之德，中正恕人之行……忽然，腦海中響起了趙元任那首歌：

天上飄著些微雲，地上吹著些微風，微風吹動我的頭髮啊，教我如何不想他……

二〇一八年十月一日

四十三、打禪七的事

有一個年輕的女孩，說到她參加過幾次禪七的經過，很有意思，她問：禪七、打七、禪修……彼此有什麼關係啊？有什麼不同啊？……因聽說我們這些人曾參加過南老師所主持的打七，所以來問一下。

是啊！我們的確參加過很多次南師主持的禪七。記得一九七五年那次在佛光山的禪七，共有一百人參加，在家眾和出家眾各五十人，是南師在台灣許多次禪七中人數最多的一次。

說到打七，除了打禪七，還有淨土宗打彌陀（佛）七的。我在台灣時，早年也曾參加過法雲寺妙然尼師主持的佛七，在大殿中，靜坐半小時，起座後繞佛經行，唸阿彌陀佛，也頗有一些清淨專一的覺受。

至於說打禪七，那可不是鬧著玩的。首先必須是由一個禪師主持，這個所謂禪師，就是一個禪宗悟道的人，因為他是過來人，才能夠接引指導後學的人。所謂接引指導，並不是口頭說教，而是在參禪者意識關鍵時刻，以特殊法門如棒喝等……令學人剎那間洞然而悟。

許多習禪的行者，經過多年或長時間的禪修，未能開悟，而在打禪七的七日中，可能得到禪師的點撥而開悟，這就是禪宗所謂的剋期取證。

不過，也有從未學習禪法的人，在打禪七過程中開悟的，也有人並未參加禪七，而由自學自修而開悟的。

不過，古德比喻說，有時的頓悟，那只是在暗室的牆上打開了一個小洞，見到外界的光明，但必須推倒牆壁，自己到了屋外的光明中，才叫大徹大悟。就像雍正皇帝，自修而悟，章嘉活佛說他並非大徹大悟，後來再修終於得到章嘉活佛的認可是大悟了。

不過，自修而大徹大悟的人，按照禪宗的傳統，仍需得到認證，所以像永嘉大師，仍往謁六祖，得到認可。

所以禪宗的所謂頓悟，與一般的佛法修持不同。所以「釋迦拈花，迦葉微笑」，釋迦牟尼說禪是「教外別傳」，傳到了中國，結合儒家道家的精神，才大放光明。

有古德說，禪宗的頓悟，比喻來說，就像在竹桿底部的一個蟲子，要想爬到桿頂出來，必須咬破一節一節竹桿才能爬到頂口出來。但這個蟲子把竹桿邊上咬破，就直接從竹桿旁邊出來了。這叫作「橫超而出」，就像禪宗的頓悟。如果是一節一節咬穿而出，那是漸修法門，不是頓悟。

西方認為禪是中國文化，認為是智慧之學，許多西方年輕人，收集資料自學，並不從師任何人。也有人自修開發了智慧，頗能在事業上有所突破或創造。

南師在《禪海蠡測》中說：禪宗到了今日，差不多已達到衰落的境地了，這種情形就像古德所說的，「百花落盡啼無盡，更向亂峰深處啼」。

我拉拉雜雜對這女孩說了一堆，其實都是南師書中所有，如有錯誤，那是我說錯了。我又對她說：我只有跟南師打過幾次禪七，也沒有開悟，現在年老落伍，對時下的禪七活動不了解，至於誰是禪師，我更是外行了。

不過，我又對她說，師父領進門，修行在個人，還是要靠自己啊。

二〇一八年十月十五日

四十四、南師與《人文世界》月刊

一九八五年出版的一本南師的書，書名《道家密宗與東方神秘學》，內容原刊載於一九七二年及七三年的《人文世界》月刊。印行成書時，有些編輯方面的問題，直到最近才得加以修訂，重新出版。這本書的問題是：

（一）一個書中，內容是兩本不同的書，第一本是有關密宗的，另一本是有關中醫的，篇名為「道家易經與中醫醫理」。

（二）這本書中三分之一的篇幅只是附錄文字。

（三）有關密宗的「道家密宗與東方神秘學」，不是講課記錄，而是南師親自撰寫的。

（四）有關中醫的這部分，書中只有九講，而實際上全部是十四講。

現在終於將這本書修訂，由南懷瑾文化重新出版，分開為兩本書。第一本仍用原書名，為《道家密宗與東方神秘學》，已於十月初出版上市（繁體）。

另一本有關中醫的部分，改書名為《中醫醫理與道家易經》，將於十二月初出版，並將遺漏的五講增加，全部合併為十四講。

這兩本書的內容，都曾在一九七〇年代初期，由《人文世界》月刊陸續刊登發表的，現在重讀之際，不免感慨萬千。

回想那時的南師，只有五十二、四歲，除了在輔仁大學教課（每週一天），以及應邀各處講演外，其餘全部精力都在寫文章。所以一九七一年創辦《人文世界》月刊開始，實為系統具體由文字起步，宏揚文化學術。

當時的南師，文章反覆修訂，所以由《道家密宗與東方神秘學》一書可以看出，其內容完整豐富，文字精練簡約，學理清晰分明，讀之令人有豁然開朗之感，對於學文化，學密宗，學佛法的讀者，這本書也許可以視為不可不讀的吧！

至於另一本將於十二月初出版的《中醫醫理與道家易經》，四十多年後重讀，才發覺其特殊獨到的超越。雖云是以中醫理論方面為主的研討，但文中談到有關身心修養，修持，以及返老還童的各種具體方法等等，皆屬融會貫通各方學術與實踐的難得一見的寶藏之作。

可笑的是，這些文章我不是四十多年前就看過了嗎？為什麼現在才認得其高妙之處呢？

大概經過了四十多年，我也算多少有點進步，才終於能識得一些吧！也許，因為自己已到了老年，才略明白自己身心的毛病和需要如何努力吧！

年輕朋友們，早點覺悟吧！

二〇一八年十一月一日

四十五、你解脫嗎　你逍遙嗎

學佛學禪的人，是要學解脫，學神仙學道的人，是要學逍遙，可是放眼一看，學佛的人既不解脫，學道的人也不逍遙。這話是南師常說的。

永嘉大師的《證道歌》開頭一句，「君不見，絕學無為閒道人，不除妄想不求真……」這句話多解脫，多逍遙啊！當然，永嘉大師是大徹大悟的人，那才是真解脫，真逍遙；而我們這些號稱學解脫的，反而時時與解脫背道而馳。

說到解脫，那個學問可大了。有人說，解脫是隨時隨地在每日的生活起居工作中，都需要注意的，因為隨時隨地的小解脫，累積才可能得到大解脫啊。

我們人不但隨時隨地不解脫，還在不停的製造煩惱。有高人說，如果一個人，非要這樣不可，非要那樣不可……那就永遠不得解脫了。學佛學道的人反而常常最不解脫，聽見別人發言，不合自己的意思，非要批評個你死我活不可……有一個人因祖母肺病，他總懷疑自己體質遺傳，照了X光沒肺病，他仍認為肺病被骨擋住故而未照到。這叫真執著，比不解脫更嚴重。

近日又讀《列子臆說》，看到道家所說的「逸樂」，南師說那就是解脫。「逸樂」二字乍看起來，似乎是放逸享樂的意思，但道家說，這是自然隨緣，有隨遇而安的意思。佛家所說的「隨緣消舊業，不再造新殃」，不也是解脫嗎？問題是「隨緣」去消業，不是造個機會硬去消，那就不是解脫，反而另加了一層業……

說到這裡想起了一樁往事。那天有人送一件禮物給一個同學，那同學再三客氣，不願接受。南師後來看不過，就對這同學說：你不收他的禮物，不要認為你不欠他了，你仍然欠他，你欠的是他對你的那份情。所以，情的債是最難還的，如果你收了禮物，你欠的只是禮物，是物質，那是容易還的啊。世上最麻煩的債是情，生生世世纏繞，解不開，尤其是親情、愛情……

所以，我看老師對別人的餽贈，常常欣然接受，立刻還禮，似乎情也有了，禮也有了……

作人真不容易啊！學佛更是在天邊了，不但是天邊恐怕都見不到，不知在什麼虛無縹緲之間了。不解脫怎麼辨啊！不知道怎麼解脫怎麼辨啊……

所以老師才說，學佛？還是先學作人吧！作人都沒作好，還想成佛？哼……

我這是幹什麼啊？亂七八糟說了一堆廢話，真太不解脫了……

二〇一八年十一月十五日

四十六、曹溪路險

達摩一系的禪宗，一花開五葉，最後到了六祖惠能，駐錫廣東曹溪。後人所謂曹溪路險，即指六祖的頓悟法門，那是極高的為上上人所說的法。最近看到聽到許多學禪修佛修道的人，各有所得，各有一些成就，不免想起，在隨學南師四十多年的歲月中，所見所聞有關南師與學子們的互動情景。

說起來，當時的我只是一個旁聽生，對佛道之事不過半知半解，甚至可以說是不知不解。

數十年過去了，自己年紀也大了，對於一些情況，似乎也開始略有一些體會。尤其因為聽到一個頗有修持的長者，由於常聽到有聲音對他說話，於是就對這聲音回話，互動起來。像這樣超現實的精神活動，侵入正常的生活之中，精神不禁陷入了異常。

此事令我忽然想起當年的林中治（以前曾在博文中提到過他），他也有相同的經驗。

那是一九七三年前後，南師在蓮雲禪苑教學時期。有一天，林中治對我說：「常聽到有聲音在我耳邊說話，有時還說：不要信那個南老師呢。」

當時我大吃一驚，問他：「為什麼會這樣呢？那你怎麼辦？」

林中治說：「當然不理啊！修行的過程中會有一些奇怪現象，不理它就沒事，自然就過去了。」

林中治知道這是幻聽，他見地正，有自信，這個現象不久就沒有了。但是，作人做事，甚至修行，都會遇到磨難，有時甚至是自己的心魔，最難自知。自從南師認可林中治見到自性之後，他也有一些事，頗令我納悶，很難理解。

首先是一九八八年秋天，林中治與我結伴一同經過香港，要去大陸探親。那時老師剛從美國到香港不久，我約林中治一同去看望南老師，但他卻說：「老師很忙，我就不去打擾他了。」幾年不見，林中治不願去見老師，我心中有些納悶。

又有一次，大約是幾年後，林中治說，他曾兩次大吐血，但醫檢認為沒毛病。我建議他電話向在香港的老師請教，他說：「修行的過程而已，不理它就是了，老師很忙，我就不麻煩他了。」他是不願去問老師，但我因好奇，仍電話南師請教，老師說：「有對治與不對治，仍是有差別的。」換言之自信固然好，但師父是過來人，更能提供對治。林中治靠自己，不靠師父，不過，林中治當初不是尋師到了南師門下學禪，而能有所得嗎？

「曹溪路險，此去渺無人煙」，記得有一篇文章是這樣標題的，說得太妙了。禪門學人的開悟，多半是師輩的點撥，但那只是暗室打開一個小洞而已，雖曰「見道」，但離成道尚有十萬八千里。悟後起修……四禪八定……遠得很啊。

如果，我的意思是說，如果當初林中治能了解，在有人向他問道時，南師再三予以棒喝，只是希望他不要得少為足。南師希望他繼續努力，才能更上一層樓。

林中治不為名，更不為利，他熱衷與來客分享自己的經驗和學習，這是他的一番慈悲心。但是否忽略了南師對他的接引和指導？當然也可能他把南師對他的鞭策，錯認為是對他的不認可吧！可惜啊。

數十年過去了，林中治已作古十幾年了，今日看到許多修行人，都是在自我奮鬥，明師似乎少見，令人慨嘆，不免想起從前……想到老師的苦心……

「福慧雙修」這句話，是前輩高人常說的，缺乏功德資糧，修行真的是千難萬難啊。

說了半天，只是旁聽生的管窺之見罷了，慚愧，慚愧！

二〇一八年十二月一日

四十七、誰會說話

誰不會說話啊？不是人人都會說話嗎？

不錯，人人都會說話，但是，你會發現，在我們聽到看到的人當中，有人說話清楚明白，令人愉悅，有人說話令人煩擾，甚至令人生厭。

有時，分明是好意，話說出來像是責備。有時分明是一個建議，但聽起來像是一道命令（多半是作過領導的人）。

有人說話不管場合，當眾人正在聆聽師輩或長輩講話時，卻有人與鄰座交談，造成干擾。有人則喜歡打岔別人的話……所以說，會說話可不簡單，對於場合、時間、對象都要注意。

所謂會說話的人，意思是，同樣一個想法，由他口中說出來，既不會產生誤解，又令人感覺很溫和。其實這些都是說話的技巧，是表達的藝術。

記得多年前有一次，與友人在洛杉磯一個商業大廈中，看到那位喜劇明星鮑布霍甫在講笑話。其實那個笑話沒什麼可笑，可是由他說出來，聽眾卻哄堂大笑。這屬於特殊的表達才能，別人很難學得來的。

有一個外交官，聽他講話令人感覺如沐春風，除了他見多識廣外，更兼有傳統文化的根基，故而隨手拈來，妙語如珠，所以有學養的人，說起話來，自然與眾不同。

不過，也有些學養好，著作也了不起的學者，講起話來卻呆板平常，有時還會有令人昏昏欲睡的感覺，所以只能讀他的著作了，可見會寫會說的學者，並不多見。

還有一種人，說話喜愛奉承人——當然有些馬屁味道，這就是心態問題了。也有人說，像這類的人，常有些是媚上欺下的……

古代的高戶人家，常聚集著門客，其中多是能言善道之輩。其實就在我的幼年時代，也看到過社交宴會場合中說話的重要性。

有句俗話說，「作客容易請客難」，作客容易，因為去吃飯就行了，但是請客很難辦，因為要找陪客。陪客是十分重要的，也是十分難找的，因為陪客的背景、學養、資歷，必須具備基本的條件；而最重要的，是他說話的才能，要得體，有分寸，不枯燥，以及現代所謂的幽默感。尤其是政治或商業意味的宴會，是否成功，陪客扮演了重要角色，甚至是關鍵角色。

其實，戰國時代的蘇秦、張儀之輩，就是長於言辭，善於說話的人物。能說動六國，說動秦王，口才多麼了不起啊！因為他們是有學養，有理想的政治人物，不是泛泛之輩。

由此也說明了一件事，懷抱理想的大人物，如不善於言語表達，如何能宣揚理念，說服大眾呢？所以革命家都是善於言語表達的人物，他們登高一呼，眾人就跟著他走了。

其實，要說從各方面來講，南懷瑾老師的確是一個會寫又會說的極為罕見的人物。當然由於天賦異稟，學識廣闊，而最最難能可貴的，是他的幽默。記得有一次，他講到一樁令人氣憤的事，他說自己氣得要死，接著他又說：「我怕太生氣，把自己氣死了如何是好！」

每看到老師書中這最後一句話，我都忍俊不住……

二〇一八年十二月十五日

四十八、活動活動

要活就要動，近日友客來往頻繁，無暇執筆，新年到了，請看我這個老人在掃落葉呢，多麼勤勞啊。

二〇一九年一月一日

四十九、補氣　養氣　順氣

昨日鄰友送來一鍋羊肉湯，喝了兩碗，夜眠感覺筋骨輕鬆，沉睡如嬰兒。醒來不免想到南老師所說有關羊肉與氣脈的事。

一九九〇年，南師派我到大陸協調簡體字出版的事。到了北京，就去「東來順」吃涮羊肉，那是一家老店，抗戰前就有的。

當天陪我去的有史平（現在宗教出版社的總編），還有李家振（他是聲樂家，當時是趙樸老叫他來幫忙佛教會的）。

多年未光顧東來順，當天吃了一盤羊肉，因為那是內蒙的羊肉，聽說當年是東來順的自家牧場，東來順把最嫩的部分自售，故而不許外帶。但我特別告訴店家，我是台灣來的，想帶一點回台灣給家人解饞，也給你們宣傳，後來經理特許我買了帶走。那時兩岸剛開放交流。

當天因吃多了，我深恐會不舒服，豈知一夜睡眠反而特別好，心中奇怪，就打電話給香港的南師，說這件事。

南師電話中說：「你們都不知道嗎？羊肉是補氣的，牛肉是補中的啊。」所謂補氣，其實就是調和的意思。

原來如此！於是，我從東來順買的羊肉，就帶到香港給南師了。

南師很高興與眾人分享，並給食客同學們解說氣的問題。

自一九九〇年起，十年中，我每年跑大陸三四趟，每次都會去東來順吃涮羊肉，每次都要買一些，帶到香港給南老師。

有一次，實在太忙，天氣熱，我住在北京師範大學的招待所，那裡沒有冰箱，所以沒有帶羊肉給南師。當我到香港，看見南師坐在客廳，歐陽在門口對我說：「老師說等你回來吃羊肉呢。」

天哪！從此以後，不管如何，就算改機票晚走一天，也非要帶羊肉給住在香港的南師不可。

再說東來順後來生意好，對於肉的供應來源也放寬了，所以外帶也方便了。而且北京另開涮羊肉的店也多了，有的店把羊肉分等級，價錢不一樣，方便顧客選擇。

老師在大學堂的歲月，也常吃羊肉火鍋，因為氣是生命中的重要事，所謂補氣，就是補強氣的作用吧！孟子說的養吾浩然之氣，也說明儒家對氣的認識和深意。

在平常牛活中，常有違背氣的循環的動作。記得我二十多歲的時候，有一次俯身彎腰工作太久，忽然腰直不起來了，家中老人去採了一些小茴香煮水給我喝就好了，這叫作順氣。素食之中也有調和氣的青菜，除了小茴香，還有薑、九層塔（荊芥）。南師還說過，黃花菜也是理氣的，可治憂鬱症，也就是說，患抑鬱症的人，多半是氣不調和，所以要患者多運動，活動筋骨，使氣順暢才能好。

老人常有睡不著的毛病，現在是冬天，給老人喝點羊肉湯，應該對睡眠有幫助的。

再者，所謂羊肉湯是真正的羊肉湯，至於餐館買來的，就不知道是否有化學合成或有任何添加物了。

二〇一九年一月十五日

五十、入佛入魔

多年前，在剛認識南懷瑾老師的時候，雖然自己年齡只少老師三歲，但因自己對禪宗是一個白丁，對傳統文化也很淺薄（由於出生五四時代否定傳統之故），所以常覺得老師的作風言談，有時似乎不太對勁，總覺得老師應該是剛正不阿才對。

年復一年，發現在隨學老師的同門中，有些年輕的人似乎不太正派，總覺得老師不應該答理這些不正派的學生。也有同學（正派的）背後說，老師為什麼對這些壞蛋也很好？他們只作了一點芝麻大的好事，老師還讚美他們得很呢！

老師當然心裡有數，偶然也會說，年輕人對事情的看法，有時也是有道理的，但有時則不太圓滿，因為缺少老人的生活經驗……對於同學們的意見、說法，老師有一次忽然說：「你可以入佛，但不能入魔。」

聽到老師這句話，沒人懂，還有同學私下說：「我是要學佛啊，為什麼要入魔？不是應該遠離魔道嗎？」

最近有研究南老師的認為，說南師是國學大師也對，是禪宗大師也對，是密宗上師也對……都對，但都是部分，因為老師還通醫道呢，還通詩詞歌賦，武術文學易學等等。實際上老師是一個融通多家而行教化的人，也就是師道。

因為是師道，所以可入佛也能入魔，也就是正邪都懂。師道，教化眾生，不是只教化正人君子，更要教化邪魔外道，所以要能入佛也能入魔才行。佛門有句話：「欲令入佛道，先以欲鉤牽」，似乎是一樣的道理。

孔子弟子三千，必定正派與不正派皆有，但只有七十二賢人。就像我們一般人吧，好人偶而也會做不好的事，也許是無心。壞人也會做一點好事啊！這就是我們普通人，都需要受教化。

最近一個作學問專門研究南老師的人，想要了解多一些有關老師的點點滴滴，不免想到老師「入佛入魔」這句話。不過當時的我，也跟許多同學一樣，都是糊里糊塗的聽著，至於現在有沒有真明白，也就很難說了。

二〇一九年二月一日

五十一、南詩與周詩

說到與周夢蝶四五十年來的交往，是友情，也是鄉情，也有詩情，更有道情……反正很複雜多樣就是了。

說起道情，那就與南懷瑾老師有關係了，因為只要是南師講課，我們都是聽眾中的一分子，尤其周夢蝶永遠在聽眾席中坐第一排。記得那是八〇年代，在復青大廈十一樓，周夢蝶的穿著簡單隨意，像是一件長大衣，腰上又紮了一條麻繩般的腰帶，他的座位離老師講台只有大約一米的距離。

那一天，南師在講課時，因為提到一首七言律詩的內容，接著也就談起來舊詩詞的種種。因為南老師不但會作詩，還應該說是很會作詩的人，而且作品又多。南師曾說過，要研究他的學說、著述，以及一生的經歷種種，必須參他的詩才行。

說到這裡不免想起了一樁事，大約三四年前的一天，宗性大和尚光臨，問到南師在一九四五年由峨嵋山下來，在樂山五通橋繼續閉關的地點。因為有張懷恕女兒秦敏初（秦明）寫的一篇〈五十年來的近事——懷師〉，說南師是在多寶寺閉關，而在年譜中記錄的，南師是在張懷恕五通橋家中閉關。

於是，我們找出南師的詩集，有一首詩：

〈乙酉歲晚於五通橋張懷恕宅〉

去國九秋外　錢塘潮汎懸
荒村逢伏臘　倚枕聽歸船
戍鼓驚殘夢　星河仍舊年
人間復歲晚　明日是春先

證明南師自己所說是在張懷恕家閉關。

所以，當不確定時，幸有南詩可作認定。

言歸正傳，那天南師講課談到作詩，讚美中國傳統詩詞的美妙，因文史不分，文哲不分，常常在詩中表達一切。

南師讚美一番舊詩詞之後，話鋒一轉，又批評起來新詩，說新詩言句奇怪，不通，不知說些什麼等等……說著說著是中場休息了。老師退到休息室，我連忙趕進去對老師說：老師啊！你不要再罵新詩了，下面第一排坐的那個周夢蝶，就是一個有名的新詩大家啊！

休息過後，再上講堂，南師就說：新詩也有它的特殊之處，有許多人喜愛……說著說著，南師就對聽眾中的周夢蝶說：「對不起啊！」

周夢蝶悄聲說了一句：「與我何干啊！」

聽眾中大家都忍俊不住，會心一笑。

二〇一九年二月十八日

五十二、你也感冒了嗎

最近的病毒性流感扳倒了不少人，其實，如果按照古老的養生之道對治，絕對不會如此嚴重。

不論是什麼類型的感冒，應該都屬於呼吸系統的障礙。以五行來說，肺屬金，而消化系統的腸胃屬土。土能生金，所以呼吸系統與腸胃關係直接。因此，當呼吸系統有問題時，腸胃清爽才不會給它（肺）增加負擔。也就是說，如果感覺有點兒感冒了，首先就是少吃，清理腸胃和排泄，病象也就消除了。

其實，道家說的「若要長生，胃裡常空；若要不死，腸裡無屎」，這就是根本的健康之道。但是，看到感冒已經發燒的人，仍然吃喝不停，真是替他們著急。

有個有名的醫生說，感冒吃什麼藥啊？不必啦！只要多喝水，多休息，頂好不吃飲食，反正吃藥也要一週才好，不吃藥也是一週才好。

也許有人會說，現在與古老時代不同，環境不好，有病毒。但是不管有沒有病毒，出問題的都是呼吸系統啊，要對治的就是呼吸系統啊。

有人中招了，咳嗽吐痰不止，不但一週沒好，一連兩週三週都沒有好，為什麼？因為他們不注意腸胃要空的問題，照樣吃喝不減。

宏忍師今早帶領大家大聲唱唸「阿」，唱唸了十幾分鐘，有清理呼吸道的作用。可惜的是，人都喜歡去吃藥，不用藥的法門，在許多聰明人的心目中，好像沒啥作用似的，這不算是聰明反被聰明誤吧？

為了避免流感，室內空氣流通也是非常重要的。

說到這裡，給大家講個笑話。當南老師在香港的那些年，堅尼地道三十四號四樓，是老師的客廳並餐廳廚房所在，那裡有工作人員房及客房兩間，我每次去香港都住在那裡。老師則住在另一幢大樓三十二號的六樓，所以每晚客人散後，老師也就離開了。但老師在離開之前，就叫歐陽（住四樓）把窗戶都關好，他才離開，因為客人在的時候，有些窗戶是開著的。

老師一離開，我即刻和歐陽把所有窗戶再打開透氣，一屋客人抽煙喝酒，雖開著窗，空氣仍然不好，我們可受不了啊！客人一走還不趕緊開窗透氣嗎？

二〇一九年三月一日

五十三、南師的遺物不見了

聽到老師在大學堂的遺物突然不翼而飛，令我無比震驚！老師的遺物不是應該受到國家文物保護的嗎？

因為老師的遺物可不是一般老百姓，或有錢人家的遺物，而是國家的重要文傳資料，其中的書信和手稿並不只是私人的，而是獨一無二的歷史記錄，如今不知去向，我迫切希望司法、公安及政府有關部門能夠積極行動、盡快追回。

另外還有一個原因是，老師收藏的歷史文件中，有兩本是我千辛萬苦收到的歷史文獻。記得是七〇年代在台灣，老師尋找這個文獻始終找不到，就託我設法，我以家族人際關係才弄到手的。

所以老師遺物失蹤，我當然關心，不但我關心，相信炎黃子孫都關心，這不是只為老師，這是國家民族的寶貴遺產，老師後人也早已聲明不私人佔有，要捐給國家社會。我隨學老師五十多年了，我希望熱愛中國文化的人，快行動起來，督促司法，快快找回這些失蹤的遺物吧。

支持的，請周知或留言。

二〇一九年三月十五日

五十四、老師與廟港

前兩天有客來訪，那不是一般來照相的客人，那是南師未到廟港之前就在廟港的人。所以，他是親身經歷並參與許多過程的人。

說到老師初次前來廟港，四處遊走了一番，就決定落腳於廟港之事，這位客人說，他曾問過南師，為什麼選擇廟港？

後來有人認為，是因為以貴賓之禮迎接南師，鋪了紅地毯，太隆重了，老師自然就決定在此了；也有人認為，老師到處遊走觀察，看到那邊有山，那邊有水，那邊有……好像老師是看過風水而決定的……

總之，說法各有道理，而來客說，南師對他所問為何決定落腳廟港的問題，回答說：

「你們都不知道。」

「你的學生們知道嗎？」客問。

「百分之八十的學生都不知道。」這是老師的回答。不過，還是有百分之二十的同學是知道的啊！他們又是誰啊？反正不是我，因為我當時不在場。

老師選擇了廟港落腳，老師也是在廟港走完人生最後的旅程。老師建造了太湖大學堂，但他曾說建太湖大學堂是他一生最後悔的事。

老師雖然選擇了廟港，但他在廟港生活的六七年中，似乎並不快樂，他經常想要離開，所以囑咐李學友建造恆南書院，也交代呂學友建造江村市隱，甚至還要去造訪體悟師在紹興的道場……

老師一向積極從事學習並教化，三十歲到台灣，不論外在環境多困難，他始終樂觀積極的教導後進；有求必應的到處講演弘揚文化。甚至一九八七年到了美國，還系統講學「中國未來的前途」……

落葉歸根，回到心心念念的大陸祖國，工作更加努力勤勞，每日不停。想起從前常開懷大笑的老師，再想起在廟港時的老師，他似乎情緒低沉，笑容不多，偶而像是應酬客人似的，流露出一絲淡淡的微笑……

追憶以往，老師在台灣、美國、香港的三十多年中，言談之間散發出的是英氣，豪氣，儘管與年輕學子相處，也是朋友一樣的溫暖自然，笑口常開，幽默風趣，滿室生春……

但是落腳廟港的六七年中，漸漸發現，老師雖然不形於色，但掩飾不住那種落寞與無奈……

老師不快樂，在廟港的時光，老師真的不快樂……

現在，二〇一九年三月，老師多年的藏書及文稿等不見了，也許老師當年是想避免此事的發生而憂慮吧？誰知道！

二〇一九年四月一日

五十五、老朋友來了

「有朋自遠方來」，本來是「不亦樂乎」，但是太樂了，對於老人來說，也會感覺「不亦累乎」。就像年輕時跳舞跳到深夜，又樂又累。

前兩天老友夫婦從美國來看我，他比我小九歲，今年也算九十了，我們相識時他才二十三歲。當然後來在美國也見過，不過也是三十年前的事了。而現在如果在街上遇見，彼此絕對不會認識的。

所以大老遠跑來看我，當然令我驚喜。而最麻煩的是分別時，當他們臨走時，那個難捨難分，依依不捨，想到彼此年紀都這麼大了，能否再相見……

這時我忽然想到南老師，想到一九七〇年的禪學班，老師開班就講《指月錄》中祖師們的公案，有趣，特殊，而且是聞所未聞的祖師事蹟，奇妙瀟洒，多麼解脫，多麼自在……

在老友臨行傷別離的那一刻，祖師們的自在解脫提醒了我，我雖未悟道，但我記起了解脫自在的逍遙……人生何處不相逢，不必作繭自縛啊，未來如何？誰知道啊？管它幹什麼！老友重逢多美好，想記就記住這美好的一天吧！

所以，他們走後，我睡了一大覺，恢復疲勞，心中感恩老師的教化，雖然過了幾十年才略有體會……

記得在老師講《指月錄》時，葉曼老師還對我們（我和行廉姐）說，講禪宗不應該先講《指月錄》呢。

現在南師與葉曼都已離世好幾年了，想不到此次因緣，使我想起老師講《指月錄》的祖師公案，更想不到的是，幾十年後才有受用的機緣，多奇妙啊。

再回想，老師所講的禪宗公案，絕對是有特殊啟發作用的，而且是獨一無二的……

感恩老師，感謝《指月錄》的作者……

二〇一九年五月一日

五十六、燒餅呀燒餅

最近因假期之故，許多台灣的朋友結隊前來，一方面是旅遊，一方面是探望老同學們。但是當大家要回台灣的時候，似乎有些意見，只聽她們嘰嘰喳喳的講來講去，好像每天都在討論不休，算來算去不停。

好奇驅使，我不免傾聽一下她們的談話，卻令我大吃一驚，原來是為在廟港買燒餅帶回台灣的事。

以往未注意廟港的燒餅有啥了不起，既然大家如此熱烈，細問一下才知道，廟港的燒餅的確不同凡響。

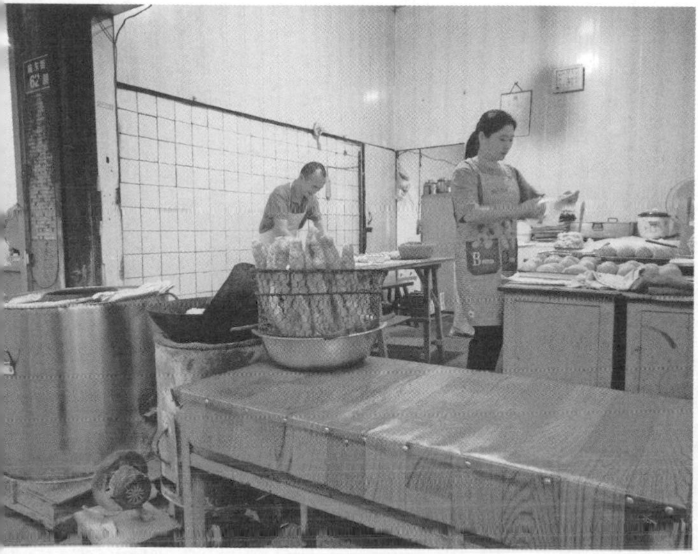

首先，用的麵和師傅揉搓的功夫很傳統，而最重要的是，烤的燒餅是用炭火，是在古老的炭爐烤的，像這樣的作法，台灣老早沒有了，連大陸也多數改用電烤。吃過炭烤的餅，就會懷念從前，懷念的不但是那個烤爐，那些師傅，更懷念那個過程，那個童年的點點滴滴……

原來如此！怪不得回台灣都要買燒餅，買鹹的，又怕有豬油，到台灣過不了關，所以多數買甜的，不小心買到了鹹的，又要送給他人，反正幾天都在熱鬧這個燒餅的事。現將圖片給大家看看吧。

那個師傅多專業啊，那個爐中的火，爐中的餅，多可愛啊，真想快點買來吃……

二〇一九年五月十五日

五十七、特殊的人和事

記得是一九八九年前後，南老師在香港的時候。那天南老師說，他有一個老古出版社，聽說共產黨的「左王」鄧立群先生，也有一個出版社，兩家能不能合作互通往來啊？

於是南老師就請王小強（大風的）陪我到北京，去拜訪左王鄧立群先生，談一談這件事。

見到鄧立群先生，不免談到我十八九歲時，在延安讀書的事，也說到當時我讀的陝北公學，校長是羅邁。那時的文化風氣，流行用筆名，譬如我本名是劉雨虹，但在延安上學時，我的名字是「劉雨」二字，四年後，我與在延安時的同學「蘇牧」結婚，就是本名叫袁行知的。我們婚後仍彼此互叫筆名，以致後來袁家的人對我都以劉雨相稱。

話說回來，王小強陪我坐在鄧老客廳中，鄧老聽說我是羅邁的學生，立刻就說：「我們都是李維漢的學生！」

但我卻說，您是李維漢的學生，我不是。因為我根本不知道羅邁就是李維漢的筆名。

鄧立群先生聽到我這句話，大概心中納悶，但也不再多說什麼。

後來鄧老問我陝北公學畢業後，到哪個學校繼續唸啊？當時的延安，除了陝北公學外，還有抗大，馬列學院，魯迅藝術學院，只有魯藝與陝北公學是非共產黨員可以就讀的，所以當鄧老問我繼續唸什麼學校時，我回答他說：「我考上了魯藝音樂系。」豈知鄧老聽到魯藝，立刻對我說：那你與我太太是同學，我太太是魯藝文學系。

反正，鄧老好像說，你說與我不是同學，但你總跟我太太是同學吧！但我卻說，我雖考上了魯藝，但剛入學就請假，到西安去看牙病，因為那時延安沒有牙科醫生。

我請假去西安看牙病時，那位魯藝的老師還對我說，快點回來啊，你很難得啊。我本來考的是普通系（什麼都有一點），但因考唱歌時，我唱的一首黃自作品《熱血》，反而被錄取到音樂系了。
哪知我到了西安，先父就來接我回家，從此未再回到延安。
所以多年來，始終不知道與鄧立群先生是同門，也未能與鄧夫人同學。
我常常糊里糊塗的弄不清人與事，大概就是南老師說的「糊塗下面加一個蛋字」，也就是糊塗蛋一類的人吧。
二〇一九年六月一日

五十八、洞山中華土蜜蜂

千萬不要認為這裡所說的只是吃蜂蜜的事，更不要認為我吃了洞山的蜂蜜，所以要給他們作宣傳，因為我要特別提出來的，是自古就與我們同在的中華土蜜蜂。

中華土蜜蜂，自古以來就是農作物及各種植物的授粉者，尤其是對於分散生長於山嶺各處的藥用植物，中華土蜜蜂更是唯一不可或缺的授粉者。但是由於國內大量引進義大利蜜蜂，遍佈各地活動，我們這些中華土蜜蜂的生存區域已被壓縮到令人心驚的地步。

幸虧笨重大身軀的義大利蜜蜂，飛不到丘陵山坡，否則中華土蜜蜂生存空間都沒有了，那時，我們連中藥植物都活不下去了，怎麼辦啊！

我是偶然機緣，看到有關蜜蜂的科普資料，才自掏腰包買了洞山的蜂蜜來吃。因為洞山的蜂蜜是中華土蜜蜂所產，這些小蜜蜂可以飛到樹頂，在那些沒有噴灑農藥的地方，採百花之粉。那裡的花粉是純淨的。

洞山是禪宗良价大師昔日所駐錫之處，又稱洞山祖師，他過溪水而悟道，盡人皆知，現在洞山的養蜂達人，步著禪師的正步，小心翼翼的飼養中華土蜜蜂。在沒有農藥污染的區域，限量養蜂，以免花粉供應不足，使得蜜蜂外飛尋找噴了農藥的花粉。

更重要的是蜜蜂採花粉後，加上自己分泌的唾液，蘊釀發酵而成蜂蜜的，那才是熟蜜。所謂熟，是蜜蜂說了才算，牠會蓋上蓋子，才叫真的熟蜜。

許多人在過程中加入了白糖而求速成，看起來濃稠，其實不是真的熟蜜。

令人讚美的，是我們的中華土蜜蜂，世世代代伴隨著我們，發展農業，幫助藥用植物的生長……

洞山的蜂蜜，是真正的熟蜜，沒有農藥殘留，味道純淨可口，食之令人心曠神怡，此話似乎有點形而上，但那是真的感受，所以，我才會自己花錢買來吃。

大家為什麼熱衷吃蜂蜜呢？因為科普資料說，世上長壽人多半是養蜂人。其實長壽與否沒那麼重要，重要的是吃蜂蜜使人健康少病，又有抗癌作用。

二〇一九年六月十五日

五十九、意外的意外

天下事真正是變化無常，而且其變化之快，變化之怪，絕非不可思議所能形容。

話說前不久有學友們認為，在下我將屆九九之年，於是齊聲研議祝賀之道。豈知本人一向不過生日，故而極力反對，並以不在場作為要脅，眾學友們只得作罷。

但是，鄰居江村市隱的李經理，帶領的工作人員，在初得知有祝壽之計劃時，立刻就展開籌備工作，而後來取消之事，卻沒有通知他們。

到了那一天，飯後鄰居呂松濤學友夫婦，正在和大家聊天之際，忽然有人送來一個三層的大蛋糕，不由分說的，放在面前的餐桌上，而李經理帶領一群工作的朋友們，也一同來到，並齊聲賀壽。

這個行動太突然，而且迅雷不及掩耳，剎那間又給我戴上了一個花帽……

誰能料到事情如此演變啊，因為他們已預定了一個大蛋糕，怎麼辦呢？也只有不管三七二十一，送上桌子了。

結果真有趣，學友們都被擋駕未來，而我，卻意外的，與這些平時常照應我們飲食生活的廚友們和工作人員過了一個意想不到的生日之晚，大家一同吃蛋糕，一同照相，歡樂一堂，意外的驚喜，意外的意外……太想不到了。

有一篇十分美妙的，要與大家分享的，是馬宏達與代興玲伉儷倆合作的一首〈如夢令〉。二人文才如此高雅，直逼宋代李清照。只是描寫得太好，令我慚愧，更慚愧的是，如果我能和一首，該有多好啊！慚愧呀！

如夢令・雨虹先生無量壽

瀟灑超邁通透
筆耕行持不休[1]

贊化普濟天下[2]
道義之餘何求[3]
九九[4]
久久
錦衣夜行耆宿[5]

晚馬宏達 代興玲 拜賀
己亥年庚午月辛卯日 於京
西曆二〇一九年六月二十三日

注：

1雨虹先生為文化道義，襄助 南公懷瑾先生文教事業，做義工總編輯數十載，至今筆耕不輟，修行不懈。

2.懷師嘗謂：數十載以來，真正幫忙我者，首推劉雨虹老師，幫我整理出版了數十本書。

3. 觀雨虹先生行止，唯道義是從。
4. 雨虹先生今日九十九歲大壽。
5. 雨虹先生功成弗居，甘隱淡泊，如錦衣夜行。

二〇一九年七月一日

六十、老師的一封老信

偶然又看到南老師三十年前寫給一位道人的信，不免百感交集。南師在信中寫道：

人生最大困擾，最難解脫者，即為男女飲食，其次則為名與利。凡此等處不能真放下，或外似放下而內實愈沾愈縛，愈縛愈深者，則一切皆完了，那裡還談得上修行證果。故此等關鍵，切莫放鬆，自以為是。否則地獄之果可立而待也。且年事愈長，虛名愈盛，處處事事，在不知不覺中，皆仰仗他人服侍，自己儼然享受，久而久之，則墮落泥塗矣。凡此種種，無論為外形為心痴而不知，切須力戒之。此致

某某道者

一九八八戊辰季秋

老拙寄於香港

這封信是南師一九八八年從美國到香港後寫的，許多人都看過。記得好像是傳真到台灣的，想必是台灣有修行人寫信向南老師問道，這是南師的回答。

說句老實話，當時大家看了之後，可能覺得不過是老生常談，只是一兩句對修行人說的一般常見的話。

但是三十年後的自己，已經是看見過各種自認是修行人的行徑，真令人膽戰心驚。

先不說放下放不下的問題，就拿信中「仰仗他人服侍，自己儼然享受」這句話來說，那不是比比皆如此嗎？

由此再看南師，直到最後時光，他也不仰仗他人服侍，看起來是小事，但真能作到，處處事事都作到，幾乎是不可能的。不過少數的早年高僧大德確實是令人敬仰的，因為他們之中有人作到了。

記得南老師曾說過一句話：你們既然修行，為什麼不把我當話頭，先參一參呢？（大意如此）

二〇一九年七月十五日

六十一、南師的辦公室

自從太湖大學堂建妥後，老師是二〇〇六年十二月十五日入住主樓的，南師與我們這些學友們，也就在二〇〇七年初，都到主樓老師辦公室上班了。

辦公室有十幾個辦公桌，但從未有那麼多人，基本上只有幾個人。除了南師外只有馬宏達、宏忍師和我三個人，是從開始直到老師仙去，每日都在辦公室工作的。

最初在辦公室的還有崔德眾、李想和魏承思。二〇〇九年從台灣來了一個彭敬，他在旁邊另一個小辦公室，但工作是我們編輯部的。二〇一〇年牟煉也來辦公室工作，除了她的法律事務外，在南師人生最後的兩年中，因眼睛視力不佳，所以整理好的文字，多由牟煉唸給老師聽。

李想在辦公室籌辦了一件翻譯《論語別裁》為日文的大事，大致經歷了兩年的時間，書譯好出版後，他就到香港接手一家名叫「源」的服裝公司（因為他聽老師常說中國應有代表自己文化的服裝）。

魏承思最初是受南師之囑，在紛史合參班帶領學習。兩年後朱校長在深圳的南科大開學，他即前往工作了。

一般來講大家都是下午才到辦公室的，只有宏忍師例外，她上午十時就去了，晚飯後她仍在辦公室，因為南師在樓上，所以她直到夜十一點才騎機車回蘭若住處。

有一天她剛回來，立刻接到南師的電話，馬上又到辦公室去了。

辦公室只有這幾個人是固定的，但前來找老師的熟人同學很多，還有同學問有糾紛來找老師告狀的，所以很熱鬧。

馬宏達自二〇〇四年奉南師之命前來，擔任老師的秘書直到老師辭世，共八年之久。

老師只有馬宏達這一個秘書，負責一切對外事務，為了擋駕來訪的客人，得罪了不少人，其實如果每個客人都接待的話，老師不眠不休也接待不完啊。

因為要說的事太多，博文隨時發送，不再固定日期。

二〇一九年七月二十四日

六十二、老師的古文信

南老師一向是寫白話文的，但是他的古典文在幼年就開始學習了，只是沒什麼機會施展他的功力罷了。

一九八九年在香港的時候，由於我把老師的詩集和書送給曉園大姐，得到曉園大姐的極端讚美，因為曉園大姐年長於南師二十年，所以也是古典文化的背景，也會作詩，所以她讚美老師之餘，還到處宣揚，當然也寫信給老師大加誇讚。

南師接到她的信後，立刻回覆了一封古文寫的信，既然對方是古典文學背景，南師也就以古典文字回覆，老師的信，不但古文優雅，且謙虛萬分，充分表達了傳統中華文化的美妙。

老師的這篇古文信，是十分難得的，在無意中從曉園大姐的舊書信中見到，現抄錄如下與大家分享吧。

曉園大姊左右：貞熙弟自京返，攜下手書謙抑虛懷，倍加欽敬。人貴自知，疏拙迂闊實我所長，捨此之外，一無所成，不虞之譽，實由誤傳訛說所致。大姊不以鄙陋見棄，反為推荐揄揚，豈只不敢當，實為太過，望勿再如此，以免他日累及大姊，翻為不安。拙作詩集乃門人等為我收集，如蟲禦木，偶爾成文，不足道也。上海舍親處，尚有一二存本，已囑其寄呈 郢席。海東風雨如晦，陰晴未定，囑事未能速辦，據云蓋有待也，望稍安勿躁。弗以此等歷史大笑話為介為幸。專此祝

撰安

89.4.12 南弟懷瑾手拜

二〇一九年八月一日

六十三、懷師再給曉園大姐回信

曉園大姊左右：四月十三、廿、廿七諸手書，均拜誦。因事忙外出，稽覆乞諒。

承轉下孔誕紀念會邀請書，費神至謝。因俗塵羈障，事務困人，屆時恐難赴會，寵邀至感，乞為叱名致謝。倘臨時如有代勞者出席，當專函大姊，請予先容。至於中國孔子基金會的募捐辦法如何，有便望賜寄一份詳細說明。惟此會之名稱，似嫌太過儱侗。孔子本為中國人，此乃舉世皆知事實，但孔子之學術思想，應是涵容全世界全人類所崇敬者，今何須特別冠以中國之特稱，反而形其狹小。此其一。冠以中國，則他時發揚光大而普及於海外各國，勢須各立門戶，處處各別標以某某國之孔子基金會，反啟門戶之爭，似有違於孔子「周而不比」之教。此其二。中國孔子基金會，究為我人研究孔子學術思想之會社？或為山東曲阜孔子故居而募集基金？實使人望名而不知其內涵，徒增疑惑。孔聖之教，極重「正名」。何如趁此次集會，特為提議，正其名曰：孔子學術思想研究基金會，或為孔子學術開發研究基金會，更為有號召力，而且恰當。書便偶爾顧名思義，且向　大姊趣言之，當不以迂拙愚直為怪也。一笑。

年高不思睡，此乃天然生理法則。佛道中人，勤求以脅不至席為定慧根基，徹夜不眠，活得百歲，等於兩百年之用，有何不妙。不眠並非失眠，且失眠與健康關係不大，只是畏懼自己為失眠之心理，此乃大病。但無心於眠與不眠之念，則絕對無妨。我常通宵不寐，以享受夜寂為樂，故言及之。

如習靜入睡，此乃一法。但靜境非睡境，睡境昏沉，無關於靜也。倘必欲求睡，試於每夜臨睡時，用桂圓肉半顆，花椒七粒或十粒，混合搗爛如漿，納之肚臍，再用紗布或膠布封住，或有效。倘無效，亦無妨，必能使人更健康，更長壽。此乃道家蒸臍法之一。臍能食物，昔日吃雅（鴉）片者，每用雅（鴉）片入臍，即被臍所吸收過癮。

同時在臨睡時，用溫熱水盪（燙）兩小腿及兩足，約一二十分，可使血壓下降，容易入睡，唯溫熱水一桶，須深入兩膝下方好。

大姊來信，言及失眠而問道於我這個江湖郎中，只好拿此兩法賣膏藥，不貼不靈，一貼包靈。靈不靈，我也不知道。又一笑。

道遠，書難盡意。匆此祝

撰安

南弟懷瑾　頓首

1989.5.6

二〇一九年八月九日

六十四、懷師的四十三封信

年紀大的人有許多麻煩，尤其是與文字有關的人。因為一旦整理起舊文書稿之類時，真是意外多多，有時更不知如何是好。

最近在整理舊書信時，忽然發現了南老師寫給我的四十三封信，再讀之下，許多陳年往事，甚至老師罵人的事——更有罵我的事，都在信中出現了，而那些都是早已遺忘的事了。

找到的信，大致可分為三個時期，第一個時期老師在台灣，我在美國；第二個時期老師在美國，我在台灣；第三個時期，我還是在台灣，老師則已經到香港了。

怎麼辦呢，許多事又重新浮上心頭……

老師給我的信，現在看來，內容意義深遠。

於是首先想到，自己年紀大了，應該把這些信交給年輕學友保管，而我們這些作編輯的人之中，以彭敬最年輕，也還不到四十歲，所以我初步想，把信交給他保管，二、三十年後，信中老師罵過的人，大概都已不在了，那時彭敬六十多歲，就可以發表這些信了。

這個想法在我心中醞釀了一些日子，猶疑不決……那天早晨，唸完了《金剛經》，心中忽然蹦出來一個想法，天下事哪有什麼不敢公開的啊？老師罵的是跟他修學的人，學生還怕老師罵嗎？那是孺子可教啊！如果當老師的，對一個學生連責罵都放棄了，就證明這學生已不可教了。

老師罵人是很有技巧的，很文雅的。老師說我「欠一着，不高明」，意思是說「你真不高明，還自覺了不起！」

不過，老師也有讚揚學生的地方，反正都是教化。

想來想去我想通了，爽性把這些信，加上我對信中的人和事的註釋，一併合起來出版，豈不是一樁很有意思的事？因為老師的信中有很多內涵，甚至他內心的感觸，無奈，以及一個文化人的一切一切……都流露無遺……

不過，請有些人放心，對於老師批評太嚴重的人，我仍然把他們的名字隱去。

劉雨虹 記

二〇一九年夏月

這是即將出版的新書《懷師的四十三封信》的出版說明，預計九月就可以印好上市了。

二〇一九年八月十五日

六十五、南學十傑品南師

今晨偶看網路，見到有「南學十傑品南師」一文，是「敦眾」主辦的，又說是我推薦的，還有我開頭的講話。看到此文，大吃一驚。

因為不久前，敦眾來說，倡導大家讀老師的書，要我說幾句話，我當然答應，並立刻照辦。

但是我只是倡導讀老師的書，沒有推介十傑啊。這十個所謂十傑，他們的成就我沒資格品論，但是若用十傑來形容，我是認為不妥的。

因為，誰有資格為傑，那是一個問題。況且所謂「傑」，也可能不止這十個啊！

在我的觀念中，近百年的現實生活中，南師的學養無人出其右。我說這個話，是因為學術界也好，江湖也好，有學養的人很多很多，但多半專致某一方面，少有文化集大成者，但南師則不同。因為南師幼讀諸子百家，兼詩詞歌賦，四書五經，及長在禪宗傳承中悟得心法，又學及密宗，故稱其為集大成者，應不為過。

現在敦眾居然舉出十傑來「品」南師，這個品字應該是品論、評論的含義，其實十傑中有幾個還是南師的學生呢，就算十傑是傑，有學養，但是「敦眾」這樣說，未免太商業化了。雖然這十傑可能不簡單，他們對南學有心得，但是如果說他們是「傑」，是否也令他們尷尬啊！

所以，讀南老師的書，就是倡導讀南師的著作就好了，何必牽扯什麼「十傑」的問題，品的問題呢？唉！青天大老爺，冤枉啊！

二〇一九年八月二十二日

六十六、讀書樂

上次說到「敦眾」倡導讀南老師的書，對於他們用「十傑品南師」一句，似覺欠妥一事，後來聽說他們已經改為「南師著作精品研讀」了。這個說法頗近實際，可見敦眾的年輕朋友們都很用心。

中國字，語彙隨年代在改變，尤其手機發達的現代，許多創新的辭彙，新詞新語，令不年輕的人們目不暇給。

不過，言詞語彙，原本就是思想情感的表達，如能令普通各類人士都能明瞭，當然是最好不過的事，佛法有句話很妙，稱念佛法門為「三根普被」，就是對上根器的人，和中根器、下根器的人，都照應到了，都有益處。

就像有些廣告辭，說這個產品，對各界各年齡層的人都有用一樣。

說來說去，敦眾是倡導讀南師著作的，反正不管年輕人、中年人、老年人，只要愛讀南老師書的，就去讀吧。

為什麼許多人愛讀南老師的書呢？因為從其中得到啟發，更因為內容廣泛，南老師所讀的四書五經，詩詞歌賦，經史子集……都很自然的呈現。而這些，都是年輕人少有讀過的，所以在讀南書的時候，無形中也吸取了這些學問。

二〇一九年八月二十八日

六十七、漫談樂西公路

聽朱校長說，最近四川西部的人士，有些在談論位於川西的樂西公路。那是從樂山到西昌的一條長五百多公里的公路，是在抗戰時期所修建的。

不要以為那只是一條公路，因為樂西公路的建造，可是支撐長期對日抗戰的偉大任務，而有關這條公路的建造，更有太多可歌可泣的故事。當時政府的負責人蔣介石，曾再三嚴令修建方面的人士，要積極作為，務令工作限期完成……。

現在小部分樂西公路仍為地方使用，但是有關的資料卻很少。

朱校長是四川籍，聽到他說樂西公路，我立刻想起當年自己曾經走過這條路。那是一九四零年，抗戰的第三年，我與同學們從樂山走路到西昌。到了一九四二年，樂西公路已經修成，才能坐汽車離開西昌到樂山，再回到成都。

抗戰打了三年，形勢不很樂觀，政府早已從南京撤退到重慶了。如果抗戰更加失利的話，只好向西昌方面撤退，那時的西昌還是西康省所屬。

當時的成都，每天都有日本飛機來偵察，有時還會丟一兩個炸彈。所以常常天剛亮就發出空襲警報，實在令人苦惱不堪。所以我雖以同等學歷考上了從上海遷至成都的光華大學，但仍決心選擇去位於西昌的西康技藝專科學校，讀的是土木工程科。

當時設在西昌的這個西康技藝專科學校，校長李書田原是在天津的北洋工學院院長，因抗戰原故該校停辦了，這是國內有名的工學院。

既然要去西昌上學，當時樂西公路尚未建成，走路則有六百多公里，我們這幾個同學到底走了多少天，現在已經記不得了。反正到西昌去上這個學校的學生們，多數是走路去的，只有少數四川本地同學，家庭富裕，有人則以「滑竿」代步。

所謂「滑竿」，就是一張竹椅，穿上兩根竹竿，前後由二人抬著走。但是那些能在山路抬滑竿的人，都是吸鴉片的，他們一旦煙癮發作，就立刻放下滑竿，自行去店中吸鴉片了。

當時的社會是如此，絕非現代年輕人所能想像的。

除了上學的學生是走六百多公里到學校外，由成都前往的教師和工作人員，多半也是或走路或坐滑竿前往的。不過學校當局替工作人員安排的滑竿，是比較規矩的。

二〇一九年九月四日

六十八、九一八

前兩天是九月十八日，俗稱九一八，那是中國歷史上的一個重要日子。那天，日本軍佔領了中國的東北瀋陽，炸毀了中國的鐵路……事情發生在一九三一年，那年我是十歲，次日清晨起床，但見先父已與幾個朋友在院中拿著印成全黑的報紙，一副憂心忡忡的樣子，討論著多年來日本對中國的欺凌，對中國領土的侵犯……

在我的幼年少年時代，就是生活在被列強侵略欺侮的年代，以日本為最，所以我們稱日本為倭寇，就是一個矮小的盜賊，想霸佔中國廣大的土地，是標準的貪心不足蛇吞象。

以現代的觀念來說，這是日本軍閥領導階層的狂妄，並非日本老百姓的心態。

當時十歲的我，感受當然是被倭寇欺凌的憤懣。五年後七七北平蘆溝橋事變發生了，日本揮軍從東北到了北平。那時我已高中一年級了，自從九一八後，東北青年流亡到關內，七七事變後，又開始向南流亡，到了開封，他們大隊的東北青年流著淚，唱著〈松花江上〉到了開封，我們也跟著他們唱，跟著他們哭！

已是八十多年前的往事了。那時東北流亡學子的歌聲和眼淚，卻永遠在我心中動盪，那個情景我終生難忘，所以九一八那天，我又唱起了〈松花江上〉。

我的家在東北松花江上
那裡有森林煤礦
還有那滿山遍野的大豆高粱
我的家在東北松花江上
那裡有我的同胞
還有那衰老的爹娘

九一八　九一八
從那個悲慘的時候
九一八　九一八
從那個悲慘的時候
脫離了我的家鄉
拋棄那無盡的寶藏
流浪　流浪
整日價在關內流浪
哪年　哪月
才能夠回到我那可愛的故鄉
哪年　哪月
才能夠收回那無盡的寶藏
爹娘啊　爹娘啊

什麼時候
才能歡聚一堂

二〇一九年九月二十二日

六十九、趙樸老和他的書法

前幾天有三個文友前來餐敘，一個是小沈，他是沈雁冰（茅盾）的侄孫；另一個是小楊，他是出版界的編輯；另一個是小葉，他是文化圈中的魯肅（三國時調和各方的人物）。

和這幾個人在一起閒聊，天南地北，說到五十年前的文化界，他們雖非身歷其境，但卻知之甚詳，所以大家談得興高采烈。最後想不到的是，談到書法，一旦說到書法，令人自然說到趙樸初老先生。

我雖拙於書法，但不減對書法的喜好。說起趙樸老的書法，初次看到的是他的小楷，那種玉潔冰清，高雅超越的氣象，絕非任何言語文字所可形容。

想起二十多年前（一九九〇年），前往大陸介紹台灣版的懷師著述時，意外結識了趙樸老。當時懷師的著述在大陸尚未普遍，所以我第一件事是送

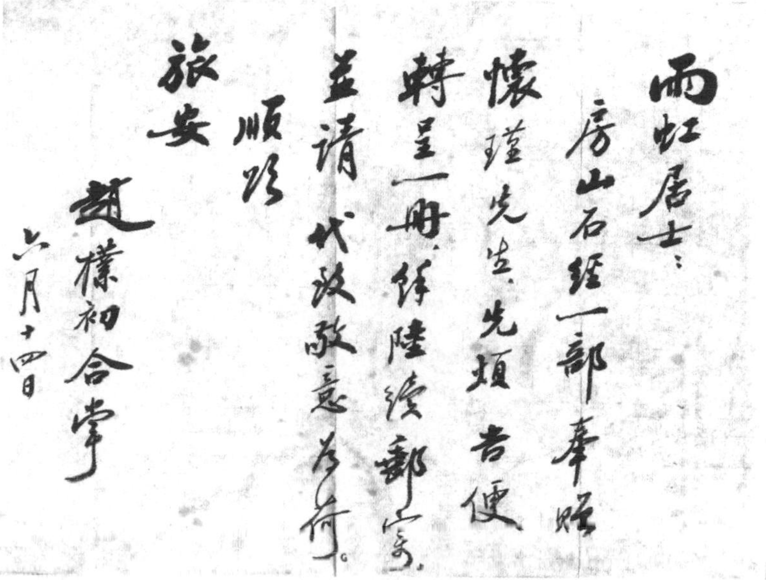
雨虹居士：
房山石经一部奉贈
懷瑾先生，先煩吉便
轉呈一冊，餘陸續郵寄。
並請代致敬意為荷。
順頌
旅安
趙樸初合掌
六月十四日

了一本南師講述的《老子他說》給趙樸老。

當時樸老是在醫院（不是生病，是躲訪客），他雖尚未看到過懷師的著述，但早已聞名，所以他一拿到《老子他說》，立刻看起來了，也不管我這個訪客了。所以我每到北京，拜訪樸老，也一定會送懷師剛剛出版的書給他……

因為書法想到樸老，就翻查舊文稿，想起一九九一年，樸老曾送我中秋月餅，附帶寫了一個便條，還有一封信，是託我送《房山石經》給懷師的事。

說到樸老曾送我兩盒月餅的事，月餅盒上的字「中秋月餅」還是樸老寫的呢。那天各文友聽說樸老送我兩盒自題字的月餅，立刻問我：「月餅盒還保存了嗎？」

我說早扔掉了，誰會想到今天如此重要啊！

二〇一九年十月八日

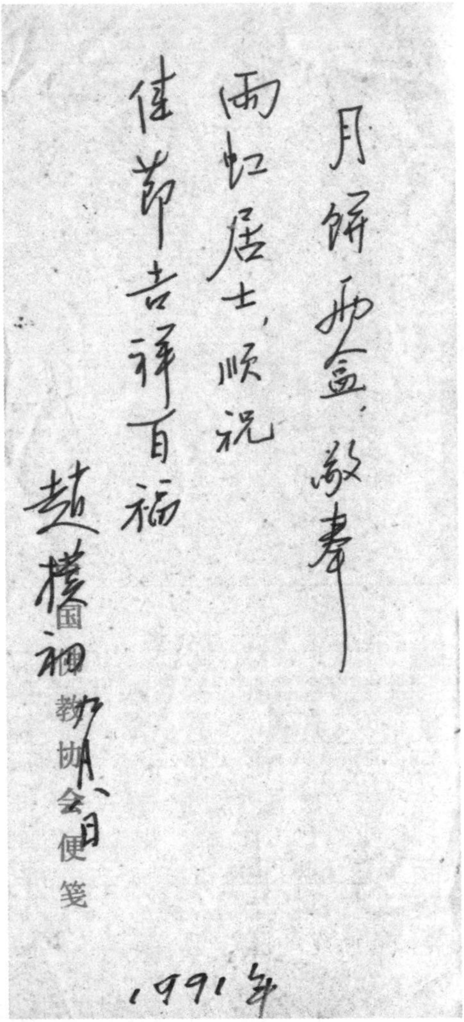

月餅兩盒，敬奉
雨虹居士，順祝
佳節吉祥百福
趙樸初 八日
国 教协会便笺
1991年

七十、懷師與趙樸老

一九九一年八月我在台灣時，有一天，忽然收到樸老自北京給我的簡函，只說他將於八月下旬某一天，要到香港去。

我收到這個簡函後，立刻打電話給在香港的懷師。電話中懷師對我說：「那，你就來吧！」

因為，懷師與樸老，雖彼此聞名已久，但尚未謀面。

我在樸老抵港前，先到了香港，與懷師討論二人初次如何會面的問題。因為樸老是有公務身份的，懷師又是台灣方面的公眾人物。況且，當時的大陸，對前赴香港一事，是有規定的，不像現在任何人都可自由往來。

如果是一個公務人員，只有在公眾場所與並不相識的人相會，才比較合乎情理。所以懷師在一個五星級酒店租了一間客房，與趙樸老會面。

初次會面大概雙方皆心儀已久，所以相談頗為愉悅，懷師即邀樸老，次日到懷師的處所晚餐，樸老欣然接受，那是八月二十九日。

分手後，我向懷師建議：「請樸老晚餐，我們全體吃素吧？」因為懷師的餐桌上，一向不是素食，而樸老自二十歲就開始素食了。一個長年素食的長者，坐在不是素食的餐桌上，似乎有點不太合適吧！老師同意了我的建議，只說：「好吧！吃草吃草！」

於是，一九九一年八月三十日那一天，破天荒，懷師的餐桌上是全部素食，為了接待一位長年素食的長者趙樸老。

那年的中秋節是九月廿二日，樸老送我中秋月餅兩盒，記得大約是節前十天左右，也是與懷師會面之後之事。我猜，樸老可能是感謝我安排在懷師那裡全素的晚宴吧，因為他知道懷師不是素食者。

這不過是我的猜測而已。

二〇一九年十月十五日

七十一、一個奇特的民族——中國人

多年前曾看過一篇西方人所寫的文章，大意是說中國人這個民族，是一個很奇特的民族，有些不可思議，當然都是西方的觀點。文中說當外人或西方人都讚美中國的貢獻或成就的時候，中國人自己有些人反而會唱反調，也就是不相信那是中國人的成就，或者對成就的本身不認可。

文中還說，中國文明古國歷史悠久，傲視全球，但中國人反而認為中國史是封建迷信，棄之如糞土。而文中說到最為奇怪的是，盤踞高位專家之林的人們不少，而有成就有貢獻的才幹之士反而不能獲入專家之林。

文中說到更更奇特的一個現象是，不少學習西方學術的智識份子認為，中國不可能有科技學術成就，如果有新發明一定是西方，不可能是中國……好像這些去西方學習過的智識份子，已沉醉在西方的文化中不能自拔，永遠否定自己，讚美西方……

這篇文中還有很多令人發噱的說法，但因當時看此文時，頗不以為然，認為是西方人挖苦中國人的文章，所以未加重視。時過境遷，幾十年過去了，也看到了許多社會現象，覺得那文章應該定名為「西方人看中國人」，有些地方確實頗有些道理。

想起這篇文章的原因，是由於最近核准上市的新藥九期一，那是對阿茲海默症有療效的，全世界獨一無二的，中國人所發明的藥物。

這本是應該普天同慶的大喜事，但也像那文章中所說的，仍有些雜音。其實人類社會中本來如此，只希望那些永遠缺乏自信的人，早點從「只有西方才可能」的醉夢中醒來。

當然，有理性思維的人仍佔多數，古聖先賢仍然有弟子傳承中華文化的。

二〇一九年十一月十二日

七十二、念歐陽

九〇年代，我因奉南師之命到大陸洽商出版事務，從台北到北京，每年常有十次的香港停留，那時的歐陽正在香港老師處，擔任事務性的照應來客工作。

歐陽愛學習，而且是多方面的學習，他曾從朱增祥學習舒筋正骨手法，也曾參學另外的專家們。歐陽手法細膩，有一次，我清晨起來，應赴機場到北京去，但我對歐陽說，似乎有點感冒，頭腦不太清爽；他立刻抬起我的手臂，活動肩膀，不消幾分鐘，我就感覺舒暢，順利的去機場了。

歐陽多才多藝，尤善烹飪，他是福州人，而福州菜是中國八大菜系之一，所以歐陽也會做菜，除了福州菜，他還會其他各派的菜。而在香港老師的餐桌上，大家常以吃歐陽做的菜為樂，當然我更是其中之一。

歐陽脾氣好，是屬於溫順的個性，更難得的，是他處理事情的隨緣解決問題。記得香港老師那裡用了兩個印尼的女佣，當時僱用時，說明工作只在一處，但有時卻叫她們去打掃辦公室。有一天我到香港，那印尼女佣向我抱怨，歐陽聽到了，即刻從自己口袋中掏出些港幣給她，表示是對她額外工作的酬勞。歐陽如此做並不稟報老師，他只是息事寧人解決小問題，省掉麻煩，所以那些印尼女佣都與他很友善，其實大家都很喜歡歐陽。

而難得又奇怪的是，不要看他隨隨便便，好像對書本不內行，他常有驚人之舉。有一天老師正在講話，是在飯桌上閒聊，說到曾在某一次說到一個問題，但忘記是在哪本書上。說時遲那時快，歐陽立刻從書櫃中抽出一本書，正是說的那一本。歐陽記憶之深又廣，令我們大吃一驚。

歐陽更是一個助人為樂的人，他曾花錢學了一些醫療按摩的功夫，隨時隨緣給人一些幫忙，後來大家建議他治療收費，他只說自己不夠格。

歐陽笑口常開，樂觀謙虛，與人人友好，剛剛聽到歐陽已離開了我們（二〇一九年十二月八日下午四時二十三分），走向他方世界，那裡鳥兒在歡躍，天使在唱歌，木魚聲聲，念佛念法念僧，迎接著他的到來……

二〇一九年十二月九日

七十三、呼吸法門與唱唸

前幾年出版的一本小書《南師所講呼吸法門精要》，曾有許多學友閱讀，不但閱讀，也有不少人認真從之修煉，尤其是在數息的方法方面。但是效果如何，則沒有什麼資料。

最近一兩年，由於與宏忍師朝夕相處較多，跟她學了一些唱唸，感覺受益多多。

記得幾年前，老師在大學堂時代，差不多每天晚飯後，都教宏忍師帶領大家唱唸華嚴字母，老師說唱唸是軟修法門，換言之，也是一種修行。

其實，不管它是不是修行，只覺得唱唸時氣灌五臟六腑，好像氣進入體內，頗有舒暢之感。總之，那個感覺很實在。

於是我也就樂此不疲，每日規定，在院中唱唸「阿」三十分鐘。

為什麼是「阿」呢？因為本人功力太淺，唱唸不能包括「嗡、阿、吽」（頭、胸、丹田）三個音，所以只能先從胸部音「阿」字開始。

不要小看這一聲「阿」，對我來說，那個威力卻很大。從前常常問東問西，沒有認真去做，只在那裡聽道理；現在略知「說食不飽」、「說一尺，不如走一步」的道理，認真去做，雖是一小步，卻是真正邁出了第一步。

聽說有一個人，修持也是只唱唸「阿」字，常常閉目唱唸，日久發覺，偶而張開眼睛時，外界會呈淡藍色，後來更發現，專心深淺不同，則藍色深淺也不同。

此人就去請教宏忍師，宏忍師說自己不知道，就去查資料，後來發現，應該是氣入中脉，因為中脉是藍色。雖可能氣與中脉有溝通，但並不表示中脈已經通了。

在《中醫醫理與道家易經》及《花雨滿天維摩說法》二書中，都有提到過專一修持與中脉藍色的問題。

所以說，實際修持步步都是問題，都是關卡，現在南老師不在了，不知向誰去問，雖然大師很多，誰真誰假也不清楚，苦啊！

二〇一九年十二月十七日

七十四、平安夜

今天是聖誕節的前一天，今晚就是所謂的聖誕夜。〈平安夜〉這首雖說是天主教的歌曲，但是這首歌在抗日戰爭時，曾對我國空軍方面的一些飛行員，有無比的精神安定與鼓舞作用。

記得大約是抗戰的第三年，我在成都住仕袁行恕的家中，那時她的女兒瓊瑤才兩歲，我是十九歲。

當時她們家中常來的一個親戚，名叫劉俊的，是空軍的飛行員，由於劉俊的舅母是瓊瑤的姨母，所以劉俊假日常來。

這個飛行員劉俊（後來官至空軍中將，曾任空軍參謀大學校長，他在五年前去世），那時只有二十三四歲，由於武漢已成為淪陷區，所以中國空軍常要從成都起飛，飛到漢口去轟炸日本的機場。

這個任務是很危險的，轟炸機常遭敵方戰鬥機的打擊，而劉俊就常擔任轟炸機駕駛的任務。

那天在成都袁行恕家，劉俊巧好也來了，我就問他，你駕駛飛往漢口去轟炸敵人機場的飛機，你心中害不害怕？他說我當然害怕啊！所以我就唱著〈平安夜〉，也就可以心安，不再害怕。

這件事我曾在四年前的博文說過，而現在我要說的，是〈平安夜〉這首歌的事。

古人曾說過，「禮失而求諸野」，殿堂的古典規章禮儀失傳了，在民間可以再找到，所以很多寶貴的事務習俗，常在民間流傳不息，因為它接近民眾的生活習慣。更令人吃驚的是，有些事，根本是民間不知何人何時創造的規律和生活態度，就像一首歌，唱響了大江南北，感動了千千萬萬的人，但作者竟然是「佚名」，不知是何人。而抗戰時期的〈松花江上〉這首歌，在當時就是一個作者不知是誰的例子。我今年九十九歲，親身度過那個時代，當時以及之後的十來年，在印行的歌本上，這首歌都是「佚名」，現在百度版本說是張寒暉。

言歸正傳，〈平安夜〉這首歌，據說是兩百年前在奧地利這個小國的天主教神父那裡開始的。演變至今，聽說歌詞版本也很多，作曲的人也不知道是誰，據說是一個不知名的音樂教師。但是被這樣傳唱至今，感動著生生世世千千萬萬的人們……

所以，接地氣的，與一般老百姓有關的，才是真實的，感動人的。

聖誕來了，雖是天主教的節日，但宗教情懷，是各宗教都一致的，都是祈求人們的平安，祈求人們生活安詳、平順，不論是天主的保佑，或菩薩的加被，或阿拉的護持……都有使人安心、無懼、暢然、愉悅的心情。

啊！平安夜，吉祥夜，晝夜六時恆吉祥……，願大家個個都吉祥……

二〇一九年十二月二十四日

七十五、百歲老人自娛

午夜夢醒，聽時鐘響，驚覺走過百年，戲作打油三首自娛。

（一）

人生百歲不希奇
飲食行動都注意
行正坐端又自然
笑煞七十古來希

（二）

人生百歲也容易
吃喝拉撒都算計

常學悟空愛蔬果
不像八戒貪嘴急

（三）
人生到處知何似
應似唐僧西天取
經書偶然有人看
唐僧何復計東西

二〇二〇年一月一日

七十六、給詹醫師的一封信

元月十八日詹紅生醫師應邀前來聚會，談到許多有關「氣」的問題，很有意思。次日寫了一封信給他如下：

詹紅生大醫師座前：

百歲之年的我，想不到又有四肢百骸暢然的感覺。很奇妙，也驚喜。

這一切都要感謝昨日，閣下你這位大醫師的講解和教導。以教育家的精神，不厭其煩的，對於「氣」的問題反覆說明，才能令人真實了解中醫及傷科有關「氣」在人體的作用及重要性。

這，也許只有中華傳統文化才有的論述吧！

昨日在場也受益的各位，都同聲讚美閣下的解說，太精彩了。

專此即祝　一切

好

二〇二〇年元月十九日

劉雨虹　寫

七十七、新春趣事

那年新春，許多國外生活的華人，想到要把他們國外出生的孩子，俗稱香蕉，外黃內白的半洋人小兒女，帶回國內薰習一下祖國的氣氛。於是那些十二三歲左右的半洋人中國孩子，就很興奮好奇的跟隨父母回國了，他們也想多了解一點中華文化。

不知哪個老夫子出的主意，認為要懂一點中華文化，先要學習中國的成語，而且發給每一個半洋人小孩一本成語集編之類的小書，要半洋人孩子先會背誦成語，這樣才有中國文化。

有一個老頭子，前來探望自己的半洋人孫子，那半洋人孫子，仍是小洋人口氣，說話很直接。只聽這半洋小孩，手裡還拿著成語字典，對這老爺爺說：

「爺爺，如果你現在死了，算不算『英年早逝』？」他說話時，還翻看一下成語字典，避免說錯。

豈知他爺爺說：「如果我現在死了，不是英年早逝，而是『夭折』。」他孫子很驚奇，只說，「不是幼兒死才算夭折嗎？」

哪知這老頭子爺爺卻說，「我雖已七十歲了，但我『還真想再活五百年』啊！」——因為當時電視正在播放《康熙王朝》，其中主題曲中有一句就是「我真想再活五百年」，所以七十歲死，對五百年之壽來說，就算是夭折。

那半洋人小孩，聽了這些話，面露迷惘的表情說，你們這中華文化太奇怪了……

忽然，這半洋人小孩大概驚覺自己也是炎黃子孫，一時不知如何是好，不免面露困惑，並立刻改口說：「嗯嗯……這是我們中華文化啊，有五千年歷史的文化啊……」

二〇二〇年二月一日

七十八、病毒和春瘟

最近鬧嚷嚷的大事，就是新型冠狀病毒傳染的問題，每天有資料公佈，多少人被傳染，多少人致病而死，專家們正積極研究如何對治等等，弄得人心惶惶……

在如麻的論說中，主要是以如何消滅病毒為主，對於專家們的努力，也令人十分敬佩。

但是，如何使自己不成為這種病的溫床，不是更加重要嗎？也就是說，縱然病毒傳染到我們的身上，但卻不會得病。事實上有不少人雖身帶病毒，但卻沒有發病，為什麼？

對於這個問題，卻少看到有關的論說。

中華文化五千年歷史，像這類的病毒，中國人早有說法，稱之為春瘟，大約是在三陽開泰（農曆正月）時期開始流行的。

中國五千年來，年年有春瘟，五千次的春瘟，有人患春瘟不治，有人卻從未受到瘟病的侵襲。而春瘟並不是太嚴重。

研究對治病毒，絕對是應該努力的方向，但是為什麼有人被傳染了病毒，卻並不發病？有關這方面的研究，卻很少看到。

對於那些帶有病毒而不發病的人，他們的飲食生活如何？心理狀態如何？許多人和我一樣，都是心存好奇，應該有人去研究吧？

記得我小時候，應該說是抗戰之前的那十幾年，家庭與社會上普遍的習慣，有一句話：「春捂秋凍，到老不生病」。所謂「春捂」，是春天不可以脫冬季棉衣太早，應該盡量捂著暖和自己，不可貪涼快早脫厚棉冬衣，這是預防春瘟的一個作法，所以雖有春瘟，不成大患。

年紀大的人像我，常被稱為老頑固，至今仍守著這個「春捂」的習慣，以防春瘟。

二〇二〇年二月八日

七十九、懷師所教防治法

最近熱鬧得人人自危，個個不安的所謂新冠肺炎，說穿了也就是一個流行性感冒。反正許多人都同意這就是春瘟，自古就有的流行病。

新冠肺炎，是屬於呼吸道的病，呼吸是人的生命第一道防線，因為一口氣不來，人就與世長辭了。所以氣，呼吸的氣，人體氣脈的通暢，都是生活中的一等大事。關於這方面，懷師多年前早就教過大家一個重要的、關鍵性的方法，就是扯拉一下還陽穴，使氣脈流暢，可以防治感冒。因為感冒初起就是氣脈不暢，在還陽穴處拉扯一下，氣就可順利通過，流暢全身。還陽穴在背上兩肩胛底處連線與背上中間線交接處。

二月十日，在湖北省有關新冠肺炎的發佈會上，金澤醫院張定宇院長說明，這是屬於自限性疾病，就算不醫治，它自己也會好。只不過，如有發燒的話，就必須醫治，以免引起其他嚴重的後果。

但是，專家學者們，以及社會各階層的謹慎小心，和為民除害的善意，想不到成就了冷門生意的口罩。一夕之間，成為天之驕子，在全世界的華人社會中，群起忙於找口罩，買口罩，存口罩，送口罩的運動中……炎黃子孫如此團結努力一致，我們的祖先如天上地下有知，一定也會笑得合不攏嘴。至於那些沉睡在倉庫中默默無聞的口罩，一覺醒來，發現自己已在陽光之下，人人都以它為榮，只見滿街的行人，個個都戴著口罩，一時蔚為奇觀。

有一個老頭子說，如果我們十四億人，都戴著口罩，那個場面浩如煙海，看哪個外國鬼子敢來欺侮我們……老頭子旁邊站著一個七八歲的孩子，聽到爺爺這句話，立刻說：口罩救國……口罩萬歲……

二〇二〇年二月十八日

八十、春寒四十九

陽曆二月四日立春，可是立春已二十天了，清晨起床，仍覺十分寒冷，好像比冬天還要冷。怪不得老祖先們曾說過「春寒四十九」，意思是立春日算起，還要冷四十九天。

四十九是七個七天，中國人十分重視這個七。佛法認為，人逝世後，每七天會昏迷轉生，七個七日之內，必定轉生，脫離中陰階段。

言歸正傳，再說這個春寒四十九，按五行來算，春季三個月屬木，夏季三個月屬火，秋季三個月屬金，冬季三個月屬水，而土旺於四季辰戌丑未。

按五行對照身體來說，肺屬金，肝屬木，心屬火，腎屬水，腸胃屬土。

綜合來看，春天木盛，木剋土，所以腸胃受木剋而使力量薄弱。

結論來了，春季既然腸胃力量薄弱，消化力不強，當然就不應該飲食厚重，應該清淡飲食，不讓腸胃太勞累，以免受病。

古時候生活及物資簡單，少吃厚重食物容易做到，現在太富裕了，一年四季都在大吃大喝，腸胃永遠消化不完，如果再加上早脫棉衣，寒風吹到正在那裡辛苦工作的腸胃，腸胃尚自顧不暇，哪有力量去支援肺金呢？肺是金，是呼吸道，自然發病，就是肺炎，也就是自古就有的春瘟。

所以，春天如能仍保持溫暖，並飲食清淡，自然不會被傳染什麼新冠肺炎了。事情不是很簡單嗎？

道家說：「若要長生，胃裡常空；若要不死，腸裡無屎」，一句話說完全了，就是飲食少才是健康之道。

春寒四十九，要到三月二十四日才圓滿，已近清明節了，還有一個月的時間，大家努力吧。

二〇二〇年二月二十三日

八十一、飲食和生活

「佛觀一鉢水，八萬四千蟲」，這句話是兩千多年前釋迦牟尼說的，可見兩千多年前，細菌就已經存在於這個世界上了，所以才有人說，新冠病毒在春秋戰國時代就有了。

看樣子，生活在這個世界上的，除了人類之外，也有各種飛禽走獸，更有細菌病毒，以及許多人類還不知道的一切。所以病毒何時才有，從何處起源，似乎至今仍無定論。

人為萬物之靈這句話，雖有人說是人類吹牛的，但是，也應該說是不錯的。因為人類在這個五濁惡世中，磨練出生存之道，去對付環境中的困難和挑戰，才能生存至今，並且愈加繁盛，由抗戰時的四萬萬同胞，發展到今天的十四萬萬同胞，這還是只指炎黃子孫而言，不包括其他民族人種。

所以，炎黃子孫五千年來，在對付不利於人類生存的環境中，磨練出經驗教訓，發展出預防疾病之道，以及治療疾病之道，從自然界的植物礦物中，研發出適合人類的食物和藥用植物，那就是中醫和中藥。

在傳統的生活習慣中，中醫藥所重視的預防，食療是與飲食同步的，也就是說，其中之一是注重飲食的節制，為一個普遍的共識。

記得八九十年前，在我上小學的時候，一般孩子和普通人，極少有大胖子，如有略胖的同學，大家都會暗稱他為胖豬，笑話他。

本人出生於那個傳統生活習慣尚存一些餘溫的時代，沒有見到什麼大吃大喝的人。現在物資豐富，普遍的大眾心態，都是「只要我喜歡，有什麼不可以」，阿彌陀佛，善哉善哉！

二〇二〇年三月十三日

八十二、關於君廬之會

由於病毒之患，大家少來少往了，空閒自然也就多了。閒來無事幹什麼呢？那就把南師與科技界討論的記錄草稿，拿來再仔細看一下吧！那個討論會是在二〇〇四年七月二十一日，一連十天，在君廬別墅舉辦的。

這次因為專心仔細的看，不禁發現，懷師五十年來的講述也好，著作也好，以這次所言最為特殊，也可以說有些很不簡單。

這也是因為有些參與討論的人，並非等閒之輩，而是科技學術界的菁英。

說參加討論的有些是菁英，應不為過，因為他們所提出的問題，十分深入，不比尋常。而南師的回答和解說，當然也深不可測，或說難測。打個比喻來說，大學生提出的問題，與小學生提出的問題，深度是絕對不同的。

令人意外收穫的是，有關唯識學中第六識的現量、比量、非量的問題，在平常總感覺與生活修養並不相應，但是，在閱讀這些記錄時，令人忽然有些領會。

回憶昔日在辦公室，常見懷師端身正坐，當時以為他在入定。其實不然，現在才發覺，也許應該說他是在現量境，當有同學問他問題時，他立刻轉入比量境……所以我感覺，意識在現量境，似乎也就是修行吧。

所以如果打坐時心念糾結，腳痠腿麻，或妄念不止，如心念回歸現量境，妄念不是自然就沒有了嗎？

這個討論會的記錄稿，至今尚未整理修訂完畢，今年能否出版就不一定了。不過，出版說明已經寫好了，現在這一篇短文，就算是該書的預告宣傳吧！這本書的書名為「君廬之會——二〇〇四」，因為討論會是在七都君廬別墅舉辦，就是現在的不夜城假日酒店。當時既沒有太湖大學堂，也沒有大講堂，也沒有江村市隱，不過淨名蘭若在二〇〇三年已經在廟港了，光陰真快啊。

二〇二〇年四月十四日

八十三、道醫 醫道 老中醫

我雖是百歲老人，但無啥大病，也無三高，不過近日卻有皮膚搔癢之患。於是與宏忍師商量，擬尋找一位傳統的老中醫，請來把把脈，調理調理……結果發現，浙江嘉興有一位老中醫，雖已八十多歲，但仍每日看診不斷，遠近馳名，前往看病的人，除浙江省的外，從江蘇震澤等地前往的也絡繹不絕，這位老中醫就是宣四大醫師。

光聽這個名字就夠吓人的，以四大為名，必不簡單。但是從嘉興到廟港，來回至少三個小時的車程，請他前來出診，有可能嗎？況且，聽說他的病人很多，每週只有半天休息，他能抽出時間前來嗎？這些都是我心中的疑問。

不管三七二十一，先請沈委員聯絡再說吧。

想不到沈委員聯絡的結果說，宣大醫師已於下午一時動身前來，約二時三十分可到達廟港。

意外聽到這個消息，不免又驚又喜，說時遲那時快，宣大醫師大駕，由長公子陪同，已在按門鈴了。

宣大醫師進得門來，看到我，先說了些醫生對病人溫暖安慰鼓勵的話……說老實話，如果真有大病的人，聽到來給他診病醫師見面說的這番話，大概病已經好了一半了。

再說宣四大這位老中醫，說完了見面話後，當即坐下，開始給我把脈，又看了舌苔，又問排泄情況，望聞問切俱到。

把脈完畢，宣大醫師說了一句語驚四座的話，他說：「氣脈旺盛有力，超過六十歲的人。」一聽到醫師把脈的結論，當然最意外的是我，最不意外的也是我。本來也沒想如何如何，結果如何也就不管了。仍然饑食渴飲，不計日月如梭的生活吧。

宣大醫師悠然自在的在室內走來走去，也給其他人把了脈，開了方。為我的皮膚癢，也開了一個很特殊又很複雜操作的藥方。宏忍師拿出幾種朋友送我的中藥補品，還有人參之類的，宣大醫師說都沒有必要吃。由於我常感覺肝氣不舒，所以脾氣躁，曾服逍遙丸（也是上百年的古方），宣大醫師認可。

再說宣大醫師把完脈後，仍在屋內走來走去，也與他人隨興說話，這似乎也是醫生給病患的一種治療，使病患有醫生在旁邊的安全感、信任感，這真是中華傳統文化的醫道，高明啊！萬分感恩。

二〇二〇年四月二十七日

八十四、母親節說母親

人人都有母親，但與母親的關係各自不同，與母親相處的時間也各自不同。最耐人尋味的是，各人對母親的了解，卻因時間的關係，產生頗為特殊的變化。

兄弟姊妹之中，由於各人與母親的因緣不盡相同之故，有人不喜歡母親，認為母親偏心，有人又特別喜歡母親……總之，如果你是喜歡母親的那一類，那就是很幸福的人了。

因為，母親是給我們生命的人，尤其十月懷胎，心體相連相生，難分難捨，只因自己長大之後，心識的變化，在認知方面與母親可能產生見解不同的問題。

所以，容納不同想法，母子相處圓滿，也是人生一樁重要的事。

中國人常說，棒槌底下出孝子，天下無不是的父母，養不教，父之過……但近代心理學教育家認為，那種思想屬於中華傳統文化中的糟粕部分……

多年前有一次在大學同學會時，有一個校友，他對父母與兒女之間的相處，有精妙的說辭。他說兒女與父母，尤其與母親，是親情，不是老師與學生，父母對子女應該保持愛，純粹是愛，只有愛。至於教育子女，那是老師的責任，古人不是也說過「教不嚴，師之惰」嗎？孩子不上路，那是老師的責任啊！

所以，為什麼有人反對母親，討厭母親呢？因為母親忘記了愛，忙著去當子女的老師了。

其實，真要教育子女，最好應該是身教吧！

母親節想到自己的母親，我和母親共處的時間有六十五年之久，雖然母親不識字，但她是在傳統文化的薰陶中生長的，她從未對我施教，更無責罰，只是旁觀以免我走偏了。在我四十來歲的時候，常聽她自言自語的說：好吃的東西自己吃太可惜了，要給別人吃才不冤枉；有錢自己花不如給別人花才好……當時的我覺得太可笑了，雖然我沒說什麼反對的話……

現在自己年紀大了，回憶母親所言所行，心中有無限的慚愧，無盡的感恩……

二〇二〇年五月十二日

八十五、漫談健康長壽

如果希望自己能夠健康長壽的話，只要注意兩件事，第一是管住自己的嘴，少吃。第二是管住自己的體重，不超標。

其實兩椿事也就是一椿事，我們人活著，是否長壽，並非第一重要，重要的是活著時要健康，如果不健康，這病那病，那就很苦惱了，絕非快樂幸福的人生，更不要說事業成就或有什麼貢獻了。

健康長壽這件事，本是人人都嚮往的，但是絕對沒有什麼人可以做到，由於很多的因素，長壽的人還可以看到，但長壽的人，健康絕對也是有些問題的。

因為長壽的，當然是老人啊！耳朵的聽力減退了，眼睛的視力也模糊起來，不如從前了。

其實健康有問題的，不僅是長壽的人，也包括了中年以及中年以上的人，大家多少都有些毛病，或心理或生理，而老人不如年輕時健康，更是一個絕對的事實。

近日看到新聞，介紹俄國領導人普京的一日三餐非常簡單，普京體格健康，也是運動方面的高手，媒體上還有讚美他的人說，他有能力管好自己的體重，當然也就有能力管好國家。

想起當年懷師與夢參老和尚的對話，懷師還說自己二十多天不吃飯的經驗呢！因為維持人生命的，不是飲食，而是氣。所以，管住自己的嘴少吃，管住自己的體重正常，總可以辦得到吧。

二〇二〇年五月二十五日

八十六、氣脈這件事

最近，偶然聽到些情況，許多人在搞「氣脈」，換言之，不是他自己要搞，好像是自己的氣脈自動的動起來，引起自己的注意，感覺氣在體內流動有力，所以不免在心理上就跟氣配合，認為就是修氣，因為自己是學佛的，學密宗的，密宗不是有修氣，修脈，修明點嗎？

這種心理上配合氣流動的現象，記得好像懷師說過，那是作意，是自己的意在配合氣擴大，豈不就是自己被氣牽著走嗎？於是就一頭栽入修氣之中，隨氣起舞，還要參考道家的修氣法門，以及其他各種法門，總之，好像修氣就是修行成就。

有人對這個現象，作了一個譬喻，他說，學佛比作吃牛排，大家目的是吃牛排，但是吃牛排之前的許多安排，如刀叉、盤杯如何放置，餐巾如何用等等……大家都在忙這些雜事，反而忘記吃牛排才是目的。搞氣脈就是牛排之前的種種安排動作，所以搞氣脈就是捨本逐末。

這種比喻對否不去管它，但這些感覺氣脈流動不停的學佛學道人，整天把氣的流動當主，甚至日夜被氣帶領忙個不停。筆者請教了宏忍師，她比較熟悉經典。想到南師在一九七九年講過一本密宗法門的書，就是二〇一五年繁體字出版的《大圓滿禪定休息簡說》，其中講解很多有關氣脈的問題，恐怕許多學佛搞氣脈的人，多半沒有看過這本書，有學佛多年的人，連這個書名都不知道……

懷師在《金剛經說甚麼》這本書中（南懷瑾文化出版，下冊250頁）也說過，「學佛要先學作人，能把儒家四書五經作人之理通達了，學佛一定成功……」，不過，在現今的社會中，沒看過四書五經的學佛人，恐怕也佔多數吧。

懷師常說，學佛要有正見，才不致被微末細節帶偏帶走，所以正知正見最重要，老師教我們，不要捨本逐末啊！

二〇二〇年六月一日

八十七、迷人又難學的學問

天下的書太多了，學問也太多了，但是令人既著迷又難學的，就是邵康節的《皇極經世書》了。

北宋時代這位八大儒之一的邵康節，按照紀昀在《四庫全書》中所說，邵康節的《皇極經世書》「以天道質以人事……能明其理者甚鮮……然邵子在當日用以占驗，無不奇中……」

所以愛好卜卦命理相術的人們，都知道邵康節的神機妙算，更知道他有「遇事先知」的功力。

邵康節雖有預知的功力，但他並非江湖術士那樣，而是「立義正大，垂訓深切」。

近日坊間驚見有大量購入閆著《皇極經世書今說》之事，該書為研究邵著的入門方便之著述，可見目下社會在人人習慣手機文化傳播的短淺快之餘，尚有不少人喜讀紙本原著，實文化之幸，令人雀躍。

世上有許多的預知，譬如天氣預報，是根據氣流運行，溫度的變化而預測三五天或十天半月的陰晴風雨等等。

但是邵康節的預知妙算，是根據人的思想行為的變化而推測出來的，尤其可貴的是所謂人心，所謂善惡，所謂行為，其標準是不同於世俗的。

所以史書上稱邵康節為邵子，就像孔子、孟子、列子……，所謂「子」，是學問淵博的大家……

再說邵康節漫步在洛陽的橋上，看到南方的杜鵑飛來，心中不悅，因為南方的鳥為何飛到北方（洛陽），可見南方的氣向北方運行，將來南方人必定入朝，南方人喜歡變，後來果然有王安石變法之事。

如從今日廿一世紀來看，為什麼南方人和北方人不同？究竟如何才算好？北方人守舊嗎？南方人喜歡變又有什麼不好呢……？

二〇二〇年六月三十日

南懷瑾文化出版相關著作

2014年出版

南師所講呼吸法門精要
劉雨虹／彙編

孟子與盡心篇
南懷瑾／講述

東拉西扯——説老人，説老師，説老話
劉雨虹／著

雲深不知處：南懷瑾先生辭世週年紀念
劉雨虹／編

禪海蠡測
南懷瑾／著

禪海蠡測語譯
南懷瑾／原著，劉雨虹／語譯

孟子與滕文公、告子
南懷瑾／講述

太極拳與靜坐
南懷瑾／講述

2015年出版

點燈的人：南懷瑾先生紀念集
東方出版社編輯群／編

金粟軒紀年詩
南懷瑾／原著，林曦／注釋

話説中庸
南懷瑾／著

孟子與萬章
南懷瑾／講述

答問青壯年參禪者
南懷瑾／講述

説不盡的南懷瑾
查旭東／著

説南道北：説老人 説老師 説老話
劉雨虹／著

南懷瑾與楊管北
劉雨虹／編

禪、風水及其他
劉雨虹／著

如何修證佛法（上下）
南懷瑾／講述

藥師經的濟世觀
南懷瑾／講述

懷師之師：袁公煥仙先生誕辰百卅週年紀念
劉雨虹／編輯

我的故事我的詩
南懷瑾／講述

2018年出版

洞山指月
南懷瑾／講述

百年南師——紀念南懷瑾先生百年誕辰
劉雨虹／編

新舊教育的變與惑
南懷瑾／著

孟子與離婁　南懷瑾／講述

孟子與公孫丑　南懷瑾／講述

對日抗戰的點點滴滴　南懷瑾／口述

孟子旁通　南懷瑾／講述

2016年出版

大圓滿禪定休息簡說　南懷瑾／講述

我說參同契（上中下）　南懷瑾／講述

人生的起點和終站　南懷瑾／講述

孔子和他的弟子們　南懷瑾／著述

漫談中國文化：企管、國學、金融　南懷瑾／講述

跟著南師打禪七：一九七二年打七報告　劉雨虹／編

2017年出版

瑜伽師地論 聲聞地講錄（上下）　南懷瑾／講述

靜坐修道與長生不老　南懷瑾／著

圓覺經略說　南懷瑾／講述

禪與生命的認知初講　南懷瑾／講述

易經繫傳別講（上下）　南懷瑾／講述

道家密宗與東方神祕學　南懷瑾／著

中醫醫理與道家易經　南懷瑾／講述

2019年出版

花雨滿天維摩說法（上下）　南懷瑾／講述

金剛經說甚麼（上下）　南懷瑾／講述

懷師的四十三封信　劉雨虹／編

2020年出版

禪宗新語　南懷瑾／著

楞嚴大義今釋　南懷瑾／著

皇極經世書今說——觀物篇補結　閆修篆／輯說

懷師的四十八本書　劉雨虹／著

談天說地：說老人、說老師、說老話　劉雨虹／著

談天說地：說老人、說老師、說老話

建議售價・300元

作　　者・劉雨虹

出版發行・南懷瑾文化事業有限公司

網址：www.nhjce.com

代理經銷・白象文化事業有限公司

412台中市大里區科技路1號8樓之2（台中軟體園區）

出版專線：（04）2496-5995　　傳真：（04）2496-9901

401台中市東區和平街228巷44號（經銷部）

購書專線：（04）2220-8589　　傳真：（04）2220-8505

印　　刷・基盛印刷工場

版　　次・2020年10月初版一刷

設計編印

白象文化

www.ElephantWhite.com.tw

press.store@msa.hinet.net

總監：張輝潭　專案主編：吳適意

國家圖書館出版品預行編目資料

談天說地：說老人、說老師、說老話／劉雨虹著．--

初版．--臺北市：南懷瑾文化，2020.10

面：　公分

ISBN 978-986-96137-9-8（平裝）

863.55　　109011184